위대한
항해

위대한 항해 8

2023년 11월 16일 초판 1쇄 인쇄
2023년 11월 21일 초판 1쇄 발행

지은이 이윤규
발행인 강준규

기획 이기헌 왕소현 임동관 박경무 강민구 조익현
책임편집 최전경
마케팅지원 이원선

발행처 (주)로크미디어
출판등록 2003년 3월 24일
주소 서울시 마포구 마포대로 45 일진빌딩 6층
Tel (02)3273-5135 **Fax** (02)3273-5134
홈페이지 rokmedia.com **E-mail** rokmedia@empas.com

값 9,000원

ISBN 979-11-408-1037-6 (8권)
ISBN 979-11-408-1029-1 04810 (세트)

위대한 항해

이윤규 대체역사 소설

만리장성의 주인

CONTENTS

1장

손인석이 소감을 밝혔다.

"백년하청(百年河清)이라고 하더니 그 말이 맞네요. 직접 와서 보니 황하의 물이 언제까지라도 맑아질 것 같지가 않군요."

2군 사령관 양헌수는 무관 출신이지만 화서 이항로의 문인이다. 그래서인지 어떤 무관보다 경서(經書)에 밝았다.

그런 양헌수가 나섰다.

"곤륜(崑崙)에서 발원한 황하는 황토고원(黃土高原)을 지나면서 누런빛을 띨 정도로 황토를 가득 머금습니다. 그렇다 보니 자연히 유속이 느려져 하류에 도달할 즈음에는 머금은 황토를 도로 뱉어 내어 천정천(天井川)으로 변하지요. 이러한 특성은 비가 많이 올 때마다 황하가 범람해서 수시로 물줄기가 바뀌는 원인이 되기도 합니다. 그래서 대륙의 역대 제왕은 황하의 치수 사업을 가장 중요시해 왔어요."

손인석도 들은 말이 있었다.

"요순시대에는 황하 치수를 잘해서 왕이 되기도 했다면서요."

"맞는 말씀입니다. 하(夏)나라의 시조인 우(禹)는 순(舜)임금의 천거로 황하의 치수를 맡았지요. 그런 우가 결혼도 하지 않고 치수 사업에 평생을 바치는 것을 본 순임금은 자신의 아들이 있었음에도 우에게 양위를 했다고 합니다."

"그만큼 이 황하가 중요하다는 의미겠네요."

"그렇습니다. 황하의 물줄기도 30여 년 전에는 산동반도의 아래쪽으로 흘렀습니다. 그러다 대홍수가 나면서 물줄기가 위로 틀어졌지요. 이렇듯 이 시대에서도 쉽게 물줄기를 잡지 못하는 것이 황하인 것이지요."

설명을 듣던 손인석이 궁금한 점을 질문했다.

"그렇군요. 그런데 청국 황실이 계속 남쪽으로 내려가는 것은 서안(西安)으로는 가지 않겠다는 의미겠지요?"

양헌수가 동의했다.

"그럴 것입니다. 우리가 계속 쫓게 되면 장강을 넘을 가능성이 높습니다. 남양대신의 병력이 무한 방면으로 집결하고 있는 것을 보면 아마도 무한이 최종 피난지로 보면 될 것 같습니다."

"무한이 목적지라면 그만한 이유가 있겠지요?"

"무한은 본래 무창(武昌)과 한양(漢陽), 그리고 한구(漢口)가 합쳐져서 만들어진 도시입니다. 그리고 장강(長江)과 한강(漢江)이 합류하는 교통의 요충지이기도 하지요. 그래서 물산이 풍부합니다."

설명을 들은 손인석은 결정을 내렸다.

"좋습니다. 저들이 무한까지 피난하도록 대대적인 압박 작전을 벌이도록 합시다."

"알겠습니다."

조선군은 며칠 동안 황하를 건넜다.

본래 도강할 때가 가장 위험하다. 그래서 조선군은 만반의 준비를 했으나 청국은 도주하기 바빠서 어떠한 반격도 가하지 않았다.

그렇게 황하를 건넌 조선군은 10만이었으며 남은 병력은 황하 이북에 주둔했다. 청국 황실을 추적하느라 보급선이 길어지고 있었기에 만일을 대비한 것이었다.

황하를 건넌 조선군은 청국 황실에 지속적으로 압박을 가했다. 청군도 좌종당의 섬강 병력이 북양군과 합작을 하면서 방어에 나섰다.

그럼에도 워낙 타격을 심하게 입은 청군은 기세를 전혀 회복하지 못했다. 조선군은 그러한 청군을 끈질기게 압박했다.

쫓고 쫓으며 한 달을 훌쩍 넘겼다.

청국 황실이 처음 북경을 출발했을 때에는 100여 대의 마차가 함께했다. 그러던 것이 조선군에 쫓기면서 몇 대씩 버리다가 황하를 건너면서 결국 대부분의 마차를 버려야 했다.

버렸다고 해도 황실 물품이었다.

보통 사람은 감히 쳐다보지도 못할 황실 물품이 그대로 버려진 것이다. 그런 마차를 볼 때마다 피난민들은 아귀처럼 달려들어 순식간에 해체했다.

그런데 그것이 끝이 아니었다.

피난민들은 황실 물품을 갖기 위해 아귀다툼을 벌였다. 주먹질은 보통이었으며 심하면 칼부림이 나기도 했다.

그러나 누구도 제재하지 않았다.

청국 황실은 점점 지쳐 갔다.

압박을 가하면 쫓아오는 조선군 때문에 제대로 쉬지도 못했다.

더구나 조선군은 밤에도 추적을 했다.

그렇다 보니 여인의 몸으로 황실을 이끌고 있는 서태후는 지칠 대로 지쳤다. 하지만 뒤를 쫓는 조선군 때문에 잠시 쉬었다가 가자는 말도 못 하고 있었다.

흔들리는 마차에 타고 며칠째 이동했다. 나름대로 강인했던 서태후도 체력이 고갈되어 갔다.

마차에 타고 있던 서태후가 물었다.

"연영아, 어디까지 온 것이냐?"

환관 이연영이 걸으며 대답했다.

"아직 하남(河南)을 벗어나지 못했사옵니다."

"무창까지는 아직 멀었느냐?"

"지금의 속도대로라면 열흘은 더 가야 장강이 나온다고 하옵니다."

열흘이란 말에 서태후는 그만 눈앞이 캄캄해졌다.

"아직도 그렇게 많이 남았다고 하더냐?"

"송구하오나 그렇사옵니다."

"아아! 우유는 아니라고 해도 씻을 수 있는 따듯한 물이 있었으면 좋겠구나. 벌써 10일 가까이 씻지를 못해서 몰골이 말이 아니구나."

서태후는 늘 우유로 목욕을 했다.

그러던 그녀가 물이라도 있었으면 좋겠다고 하소연을 한 것이다. 마차와 함께 걷던 이연영이 송구한 표정을 지었다.

"태후 폐하, 조금만 참으십시오. 오늘은 소인이 어떻게 해서든 물을 구해 보겠사옵니다."

"그래, 내게는 너밖에 없구나. 피난을 마치게 되면 내 너의 공을 절대 잊지 않을 것이다."

"황공하옵니다."

"그건 그렇고 북양대신을 보고 싶구나."

"잠시 기다려 보시옵소서."

이연영이 급히 뒤로 달려갔다. 그리고 얼마 후, 이홍장이 말을 타고 달려왔다.

"태후 폐하, 찾으셨사옵니까?"

"그래요. 전황은 어떻게 되어 가고 있습니까?"

이홍장이 민망한 표정을 지었다.

"아뢰옵기 송구하오나 조선군의 기세가 조금도 줄어들지 않고 있사옵니다."

"또 패전을 했다는 말이군요."

"송구합니다."

"아아! 어떻게 된 일이 단 한 번의 승전도 없는 겁니까? 이대로라면 장강을 넘더라도 위험한 거 아닌가요?"

이홍장이 급히 변명했다.

"그렇지는 않습니다. 다행히 뒤를 쫓는 조선군의 숫자가 점점 줄어들고 있습니다."

서태후가 반색했다.

"그래요?"

"예, 저들이 여기까지 쫓아오느라 보급선이 길어지지 않았습니까? 그래서 황하를 건널 때도 10만 정도만 넘어왔는데, 그 병력도 거리가 멀어지면서 차츰 숫자가 줄고 있습니다."

그랬다.

지금의 조선군에게 문제가 되는 것은 청군이 아닌 보급이었다.

조선군은 전투식량으로 건빵을 보급해서 지금까지 유용하

게 사용해 왔다. 건빵을 식사 대용으로 활용하면서 청군을 집요하게 추적할 수 있었던 것이다. 덕분에 밥을 지어먹어야 하는 청군을 유효적절하게 요리하고 있었다.

문제는 건빵도 보급이 필요한데, 시간이 지날수록 보급선이 오는 주기가 길어지고 있다는 것이었다. 그래서 조선군은 청군과의 전투에서 승리할 때마다 조금씩 병력을 현지에 주둔시키고 있었다.

이런 상황을 청군도 알았다.

서태후가 장탄식을 했다.

"아아! 그나마 다행이군요."

"그렇습니다. 이대로라면 장강을 넘을 즈음에서 조선군의 추격도 끝이 날 것 같습니다."

"북양대신의 말씀대로라면 열흘 정도면 이 고난도 끝이라는 말이군요."

"예. 그러니 폐하께서 힘이 드시더라도 좀 더 참아 주셨으면 하옵니다."

서태후가 한숨을 내쉬었다.

"후! 어쩔 수 없는 일이지요. 알겠습니다. 그나마 희망이 보이는 것 같아 천만다행입니다."

"그럼 저는 돌아가서 병력을 지휘하겠습니다."

"수고해 주세요."

이날 저녁.

서태후는 이연영이 챙겨 온 물로 목욕을 했다. 여름이었지만 목욕물을 덥히기 위해 병사들이 주변을 돌아다니며 나무를 해 와야 했다.

피난 도중 목욕을 한다는 것은 극히 사치스러운 행위였다. 아무리 태후라도 이러한 행위를 하면 군중의 사기가 크게 떨어진다.

그러나 청국 황실 인사나 대신 중 누구도 이를 지적하지 못했다. 그만큼 청국에서 서태후가 차지하는 위상은 대단했다.

목욕으로 서태후의 몸은 개운했을지 몰라도 이 일은 바로 소문이 났다. 가뜩이나 최악이었던 청군의 사기는 그 때문에 더 떨어졌다.

조선군은 이런 청군을 그대로 놔두지 않았다. 병력은 줄어들어갔으나 지속적으로 공격을 가했다.

그때마다 청군은 양파껍질 벗겨지듯 지속적으로 병력이 갈려 나갔다. 그러한 조선군의 추격은 무한을 며칠 앞둔 시점에서 끝이 났다.

청군은 지난 몇 개월 동안 수많은 병력과 재물을 잃어야 했다. 그러면서 겨우겨우 조선군을 따돌리고서야 무한에 도착할 수 있었다.

조선군은 청군을 장강 아래 무한까지 밀어붙이고는 서서히 철군했다. 그렇게 철군을 한 조선군 해병대는 황하를 앞둔 정주(鄭州)에 진채를 내렸다.

정주는 오래된 도시다.

그러나 황하와 접해 있어서 잦은 수해로 도시 규모가 크지는 않았다. 해병대가 이런 정주에 진채를 내린 까닭은 황하와의 연계성 때문이었다.

정주에서는 황하 하류까지 강폭이 넓다. 그래서 유사시에 해병대가 황하를 적극적으로 활용할 수가 있었다.

정주에 해병대 병력을 주둔시킨 조선군 본진은 황하를 건넜다. 그러고는 대기하고 있던 병력과 함께 북경으로 올라갔다.

대진이 손인석의 귀환을 반겼다.

"충성! 고생이 많으셨습니다."

손인석이 답례했다.

"어떻게, 일은 잘 진행이 되어 가고 있어?"

"예, 청국 환관들의 도움을 받아 자금성부터 작업을 시작했습니다."

"인부들의 충당은 어떻게 하고 있어?"

대진이 설명했다.

"요동 요서에서 본격적인 한족 소개 작전이 벌어지고 있습니다. 그 바람에 한족들이 대거 만리장성을 넘고 있고요. 그런 피난민과 청군 포로들을 적극 활용하고 있습니다."

손인석이 궁금해했다.

"한족 소개 작전은 잘 진행되고 있다고 해?"

"확실히는 모르지만 문제가 없지는 않을 겁니다. 하지만 이주를 하지 않으면 재산을 몰수하고 노예로 만든다는 포고령을 무시할 한족은 별로 없을 것입니다."

손인석이 걱정했다.

"3군단과 예비사단이 일을 잘해 내야 할 터인데 걱정이다."

"분명 잘 처리하고 있을 것입니다. 그보다 가셨던 일은 잘 마무리하셨습니까?"

손인석이 흡족한 미소를 지었다.

"그래, 청국 황실을 장강 너머 무한으로 쫓아 버렸다. 그래서 해병대는 황하 너머의 정주에서 주둔해 있게 하고 본진이 북경으로 올라온 거야."

대진이 하례했다.

"축하드립니다. 고생 많으셨습니다."

"대륙을 가로지르느라 우리 지휘부도 그렇지만 장병들이 고생이 많았어. 그러나 돌이켜 보면 일본을 공략할 때보다는 덜 어려웠던 것 같다."

손인석의 말에 대진도 동조했다.

"맞습니다. 제가 겪어 봐도 일본군의 전투력이 훨씬 좋아 보였습니다."

손인석이 자평했다.

"청나라 북양군의 무장 상태는 일본군보다 훨씬 좋았어. 그러나 반대로 전투력은 형편없었지. 섬강에서 넘어온 좌종

당 병력은 그마나 괜찮았지만 그래도 많이 부족한 편이었어. 덕분에 시종일관 청군을 완전히 압도할 수 있었지."

"청국이 반격을 하지는 못하겠지요?"

손인석이 고개를 저었다.

"그건 알 수가 없다. 그래서 만일에 대비해 해병대를 황하 이남인 정주 지역에 주둔시켜 놓은 것이야. 그러나 지금 청국 상황으로는 쉽게 병력을 모으지 못할 거다."

"하긴, 반년도 안 되어서 장강까지 밀려난 군사력이 일조일석에 회복하기는 어렵지요."

"그런데 우리와의 전투로 청국의 전투력이 너무 노출되어서 걱정이야."

대진이 바로 알아들었다.

"서양 세력이 청국에 더 많이 진출할 것이 우려되시나 봅니다."

손인석이 고개를 끄덕였다.

"맞아. 다른 나라도 걱정이지만 인도차이나반도에서 세력을 확장하고 있는 프랑스가 가장 신경이 쓰여."

그러나 대진은 다른 분석을 내놓았다.

"저는 크게 걱정을 하지 않습니다."

"그래?"

"어차피 프랑스와 청나라는 베트남을 두고 전쟁을 벌일 수밖에 없는 처지입니다. 그런데 청나라는 비록 우리에게는 패전했지만 전투 역량은 그만큼 쌓았다고 봐야 합니다. 그렇다면 청국이 프랑스를 견제하는 역할을 할 수 있을 테니 프랑스에 대한 걱정은 내려놓아도 될 거라고 생각합니다."

손인석이 고개를 끄덕였다.

"그럴 수도 있겠네."

"그보다 저는 프랑스가 우리에게 도발해 올 것 같다는 생각이 듭니다."

손인석의 눈이 커졌다.

손인석이 고개를 저었다.

"쉽지 않은 일이야. 아무리 탐욕스러운 프랑스라 해도 무모한 도발은 하지 않을 거야."

"프랑스는 언제나 자신들이 유리한 방향으로 상황을 해석합니다. 그리고 기본적으로 동양 국가를 낮춰 보는 경향이 강합니다."

대진의 말에 손인석이 동의했다.

"그건 맞다."

대진이 상황을 분석했다.

"프랑스는 영국과 맞설 수 있는 나라는 자신뿐이라고 자부하고 있습니다. 그런데 인도에서 영국을 상대로 완패하면서 인도차이나반도로 진출할 수밖에 없었고요. 그런 프랑스가 영국보다 많은 식민지를 얻으려고 호시탐탐 노려 오고 있는 상황입니다. 그러니 갑자기 부상한 조선을 그냥 버려두려 하

지 않을 것입니다."

대화는 자리를 옮기면서 이어졌다.

천안문의 전면에는 긴 담장으로 둘러쳐진 광장이 있다. 이 광장의 좌우에는 청나라 조정이 사용하던 관청이 줄지어 늘어서 있었다.

조선군 지휘부는 이 중 병부(兵部) 건물을 사용하고 있었다.

"앉게."

"감사합니다."

"이 특보는 프랑스가 도발을 해 올 거라고 확신하는 거로구나."

"예, 그렇습니다."

"그렇게 확신하는 근거가 있을 텐데. 그게 뭐지?"

"지난달 본국의 교수와 학자들을 모시러 천진으로 내려간 적이 있습니다. 그때 영국공사를 만났는데, 그의 말에 따르면 프랑스공사가 우리 조선에 대한 문제로 본국과 많은 교신을 한다고 했습니다. 그리고 우리의 군사력을 파악하기 위해 사람을 여럿 풀었다는 말도 해 주었습니다."

손인석이 고개를 저었다.

"너무 지나친 비약인 것 같아. 프랑스공사의 입장에서는 당연히 해야 하는 임무가 아닐까?"

대진이 고개를 저었다.

"다른 나라는 그러지 않습니다. 저희가 병인양요에 대한 사과와 배상, 그리고 불법 노획물에 대한 반환을 요구했지 않습니까? 프랑스공사는 그런 요구를 단칼에 거부했고요. 그런 프랑스가 무엇 때문에 우리에게 관심을 갖겠습니까?"

"음!"

"지금의 유럽은 거함 거포 경쟁 시대입니다. 프랑스와 영국은 서로 경쟁을 하듯 신규 거함을 건조하고 있고요. 그런데 프랑스는 우리 수군의 군사력을 직접 경험한 적이 단 한 번도 없습니다."

손인석이 천천히 고개를 끄덕였다.

"자신들의 해군력이 우리를 압도한다는 착각을 할 수 있다는 말이구나."

대진이 크게 고개를 끄덕였다.

"그렇습니다. 더구나 프랑스는 인도차이나의 해군사단은 물론이고 외인부대를 운영하고 있어서 병력 운용이 비교적 자유롭기도 하고요."

손인석이 핵심을 짚었다.

"도발을 생각할 수도 있겠지. 그러나 프랑스가 함대를 동원한다고 해서 우리가 막지 못할 일은 없잖아. 그런데도 이 특보가 이런 말을 하는 것을 보면 프랑스가 도발해 오기를 바라는 것 같아."

대진이 인정했다.

"맞습니다. 저는 이번 기회에 프랑스의 도발을 유도해 보

려고 합니다. 그리고 만약 프랑스가 함대를 파견한다면 모조리 나포하고서 병인양요에 대한 문제까지도 한꺼번에 처리하고 싶습니다."

손인석이 적극 동조했다.

"그거 아주 좋은 생각이다. 그렇게만 된다면 과거 문제도 깨끗이 정리할 수 있고, 조선의 국제적인 위상 제고에도 큰 도움이 되겠어."

"맞습니다. 그래서 우선은 천진의 외교가에 은밀히 소문부터 내려고 합니다. 조선의 해군력이 의외로 약하다는 소문을요."

손인석이 고개를 갸웃했다.

"우리가 대고포대를 박살 냈는데도 소문이 먹혀 들어갈까?"

"충분히 가능합니다. 영국프랑스연합함대가 대고포대를 공략한 것은 20년도 지난 일입니다. 그동안 양국의 해군력은 비약적으로 발전했고요."

"그래서 프랑스가 우리의 전투력 정도는 충분히 감당할 수 있다고 오판할 것이다?"

대진이 고개를 끄덕였다.

"저는 그렇게 생각합니다."

"그런 오판을 한다면 좋은 일이지."

"예, 그리고 대외적으로는 우리 병력이 전부 대륙으로 넘어와 있는 상황이지 않습니까?"

손인석이 크게 고개를 끄덕였다.

"맞아. 그것까지 맞물리면 일이 더 잘 풀릴 가능성이 있겠구나."

대진이 계획을 설명했다.

"이번에 본진이 북경으로 회군한 사실과 지금까지의 전황을 국왕 전하께 보고를 드리러 가야 합니다. 아울러 새로운 황도 건설의 방향에 대해서도 정식 재가를 받아야 하고요. 그래서 천진으로 내려가야 하는데, 그때 천진의 외교가에 소문이 나도록 수를 써 보겠습니다."

모든 설명을 들은 손인석은 즉석에서 승인했다.

"좋아! 당장 추진해 봐. 이 특보라면 아마도 잘해 낼 수 있을 거야."

"감사합니다."

북경으로 회군한 조선군은 천진을 비롯한 직례의 주요 지역에 포진했다. 조선군이 이런 식으로 자리를 잡자 한족들은 조선이 직례까지 정복할 거란 오해를 했다.

가뜩이나 요동 요서에서 조선이 한족을 노예로 삼는다는 소문이 난 상황이었다. 그런 소문이 돌면서 직례의 한족들이 대거 피난길에 올라 사방이 피난민으로 넘쳐 났다.

이런 사정은 천진도 예외가 아니었다.

대진이 천진에 내려오니 온 사방이 피난민들이었다. 그런 한족 피난민들은 조선군만 보면 두려워서 줄행랑을 쳤다.

덕분에 대진은 피난민들에게 치이지 않고 영국공사관을 찾을 수 있었다. 영국공사 토마스 웨이드가 대진을 보며 환대했다.

"어서 오시오, 이 특보."

"그동안 잘 지내셨습니까?"

토마스 웨이드가 크게 웃었다.

"하하하! 나야 늘 여전하지요. 그나저나 축하드립니다. 조선이 청국 황실을 장강 이남까지 쫓아 버렸다는 보고를 받았습니다."

"예, 그렇습니다. 다행히 아군의 공세를 청국이 막지 못해서 좋은 결과가 도출되었습니다."

"그런데 청국 황실을 끝까지 추적하지 않고 회군을 하셨더군요. 제가 알기로는 조선군이 전쟁이 벌어지는 내내 청군을 압도했다고 하던데요."

대진이 상황을 적당히 설명했다.

"보급선이 너무 길었습니다. 더구나 무창에는 남양대신의 병력 10만이 기다리고 있는 상황이었고요. 그래서 본국의 총사령관께서 여러 가지를 고려하다가 황하까지 병력을 물리신 것입니다."

"그랬군요. 보급이 어려워서 문제가 되었군요."

"그렇습니다. 그리고 지난번에 말씀드린 대로 우리의 목적은 고토 수복이지, 청국의 항복을 받으려는 것이 아닙니다."

토마스 웨이드가 고개를 끄덕였다.

"아! 그랬지요? 그래도 좋은 결과를 얻으려면 무릎을 꿇리는 것이 좋지 않습니까?"

대진이 고개를 저었다.

"너무 과하면 문제가 됩니다. 이 정도로 밀어붙인 전황이면 청국을 충분히 제압한 것으로 봐야 하지 않겠습니까? 그리고 청국이 도발한다면 언제라도 박살을 낼 자신도 있고요."

토마스 웨이드가 감탄했다.

"역시 대단하군요. 그런 자신감이 있어서 병력을 황하까지 물린 거로군요."

"그렇습니다. 그런데 지금도 프랑스공사가 많이 움직이고 있습니까?"

토마스 웨이드가 고개를 끄덕였다.

"그렇습니다. 지난번보다 더 많은 사람을 풀어서 정보를 입수하고 있습니다."

"으음! 무슨 의도로 그런 행동을 하는 걸까요?"

토마스 웨이드가 어깨를 으쓱했다.

"글쎄요. 제가 몇 번을 물었는데도 즉답을 해 주지 않더군요. 하지만 조선군에 관한 정보를 입수하고 있는 것만은 분명합니다."

대진이 우려하는 표정을 지었다.

"혹여 우리에 대한 나쁜 생각을 품고 있는 것은 아닌지 걱정입니다."

토마스 웨이드가 어깨를 으쓱했다.

"설사 그렇다 한들 조선군의 군사력이 대단한데 무슨 문제가 있겠습니까?"

대진이 슬쩍 말을 흘렸다.

"우리의 군사력은 전부 대륙에 있지 않습니까?"

"아! 그렇군요. 본국의 방어에 문제가 있단 말이군요."

대진이 걱정스러운 표정을 지었다.

"예. 해군력이라도 많다면 몰라도 지난번에 대고포대를 공격한 것이 전부여서 걱정입니다."

토마스 웨이드가 손을 내저었다.

"에이, 엄살이 심합니다. 조선 해군이 대고포대를 박살 낸 것은 우리도 이룩하지 못했던 쾌거입니다."

대진이 정색을 했다.

"그렇지 않습니다. 영국이 대고포대를 공격했을 때는 20년도 넘은 과거의 일입니다. 지금의 영국 해군이라면 절대 과거와 같은 식으로 공격을 하지 않을 거 아닙니까?"

토마스 웨이드가 자신 있게 고개를 끄덕였다.

"그건 그렇지요. 지금의 우리 해군이라면 당연히 쉽게 박살을 낼 수 있지요."

"그래서 걱정이 많습니다."

대진은 적당히 각색하며 어려움을 토로했다. 그 말을 들은 토마스 웨이드가 크게 고개를 끄덕였다.

"으음! 생각해 보니 문제가 만만치 않네요. 이러한 시기에 누가 조선 본토로 쳐들어가기라도 한다면 상당히 곤란을 겪겠어요."

그러자 대진이 일부러 정색을 했다.

"그러나 막아 내지 못할 일은 없을 겁니다."

대진이 정색을 하니 오히려 그게 더 이상해 보였다. 그러나 노련한 외교관인 토마스 웨이드는 그런 모습을 보고도 일부러 모른 척했다.

"당연히 그렇겠지요."

대진이 은근히 안도하는 티를 냈다. 그것을 본 토마스 웨이드가 적당히 말을 돌렸다.

"조선도 해군력 증강에 힘써야 할 때가 되지 않았습니까?"

대진이 적당히 동조했다.

"그렇지 않아도 그게 걱정입니다. 우선은 일본과의 전쟁에서 압류한 3척의 함정을 영국으로부터 인도받기로 했으니 당장 숨을 돌릴 수는 있습니다. 그러나 그 정도로는 부족하니 장기적으로는 어떤 식으로든 확충 계획을 세워야겠습니다."

그런 대진의 말에 토마스 웨이드의 목소리가 높아졌다.

"맞습니다. 함정은 일조일석에 만들어지는 것이 아닙니다. 그러니 해군력을 증강시킬 계획이라면 미리 발주하는 것이 좋습니다."

"좋은 말씀 감사합니다. 우선은 청국과의 전쟁이 급하니 이를 마무리하고 나서 생각해 보겠습니다."

"그렇게 하십시오."

대진은 조선의 해군력이 강력하지 않다는 점을 은근히 강조했다. 그러면서 해군력 증강은 조청전쟁이 끝난 이후에 추진하겠다는 말도 흘렸다.

대진이 말을 돌렸다.

"전쟁이 답보 상태를 유지하면 청국이 분명 영국에 중재를 요구할 것입니다. 그때가 되면 지난번에 말씀드린 대로 잘 부탁드립니다."

"걱정 마십시오. 이 특보의 말씀대로 중재를 잘 선 다음에 그 대가로 홍콩의 구룡반도를 얻어 내려고 합니다."

"본부의 재가를 받으셨나 봅니다."

"그렇습니다. 중재의 대가로 조차가 아닌 할양을 받아 낼 수 있다는 판단이 섰습니다."

"분명히 가능한 일입니다. 그러니 되도록 영국이 중재를 전담하시는 것이 좋습니다. 가능하면 더 많은 땅을 얻어 내시고요."

토마스 웨이드가 고마워했다.

"신경을 써 주셔서 감사합니다."
"아닙니다. 우리 조선은 언제까지라도 귀국과 우호 관계를 유지하고 싶습니다."
"당연히 그렇게 될 것입니다."
두 사람은 웃으며 악수를 나눴다.

토마스 웨이드와의 대담을 마무리한 대진이 영국공사관을 나섰다.
항구로 내려간 대진은 조선을 왕래하고 있는 수송선에 올랐다.
이틀 후, 제물포에 도착해 기차를 타고 한양으로 넘어갔다.
한양에 도착해서는 운현궁부터 찾았다. 대원군은 새로 지은 별관에서 정무를 보고 있었다.
운현궁 청지기가 고했다.
"저하! 이 특별보좌관이 들었사옵니다."
대원군이 크게 반겼다.
"어서 들라 하라."
대진이 들어가 인사를 했다.
"충성! 오랜만에 뵙습니다."
대원군이 자리에서 일어났다. 그러고는 대진에게 다가가 손을 내밀었다.
"어서 오게. 그동안 고생이 많았지?"

"힘들었지만 성과가 좋아서 괜찮았습니다."

"다행이다. 이리 와 앉게."

대진은 소파에 앉았다.

대원군이 상석에 앉으며 질문했다.

"청군을 중원에서 완전히 밀어냈다고?"

"예, 장강 아래 무한까지 밀어 버렸습니다."

대진이 그간의 상황을 설명해 주었다. 이미 보고를 받은 대원군이었으나 대진의 설명을 격하게 반겼다.

"잘되었구나. 아주 잘되었어. 그 정도면 청국이 반격을 할 수도 없겠구나?"

"물론입니다. 반격은커녕 우리가 점령한 황하 이북도 수복하기가 어렵습니다."

그러자 대원군이 슬쩍 욕심을 냈다.

"허면 황하 이북까지 진출하는 것도 생각해 봐야 하지 않겠나?"

대진이 고개를 저었다.

"득보다 실이 많습니다. 만주족이 대륙을 통치하면서도 적은 인구 때문에 한족에 상당한 양보를 해 주었습니다. 그런 양보가 한족을 통치하는 데 결정적 도움이 되었고요. 그러나 그로 인해 만주족의 정체성이 거의 없어지면서 한족으로 동화되어 가는 것이 문제가 되고 있습니다."

대원군도 알고 있는 사실이었다.

"한족이 우리의 통치를 받아들이지 않겠지."

"그렇습니다. 우리는 수복한 북방에서 강력한 융화 정책을 실시할 예정입니다. 그래서 가장 먼저 우리말과 글을 쓰도록 법제화할 예정이고요. 이런 우리 정책을 알게 되면 한족은 분명 조직적으로 반발할 것입니다."

대원군도 인정했다.

"그렇겠지. 자존심이 강한 한족이니 우리말과 글을 배우고 익히는 일은 더더욱 어렵지."

"예, 그렇게 되면 나라는 극심한 혼란에 휩싸이게 됩니다. 그러면 호시탐탐 우리를 노리고 있는 서양 제국들이 가만히 있지 않을 것이고요. 우리에게 영토를 빼앗긴 청나라도 분명 도발을 해 올 것입니다."

대원군이 고개를 저었다.

"후! 그렇게 사면초가가 되면 나라를 지켜 내기가 어려워지겠구나."

"맞습니다. 철권통치를 해서 한족을 압제할 수는 있습니다. 그러나 원나라의 예에서 보듯이 그런 압제는 얼마 못 가서 무너질 수밖에 없습니다."

대원군이 고개를 저었다.

"아쉽지만 장성 이남은 포기하는 것이 맞겠구나."

"그렇습니다. 그 대신 얻은 땅을 돌려주면서 철저하게 실리를 챙기면 됩니다."

"그렇게 하자. 배상금도 최대한 받아 내고 과거에 있었던 일에 대한 사과도 분명히 받아 내는 방향으로 하자."

"그렇게 하겠습니다."

대원군이 일어났다.

"함께 입궐하세. 주상께서 이 특보가 왔다는 전갈을 받으면 만사를 제치고 기다리실 거야."

"알겠습니다."

대원군의 예상대로였다. 대진이 도착했다는 기별을 받은 국왕은 만사를 제쳐 놓고 기다리고 있었다.

"어서 오세요, 이 특보."

"오랜만에 뵙습니다, 전하. 그동안 평안하셨는지요."

"나야 늘 여전하지요. 나보다 이 특보가 고생이 많았습니다. 어떻게, 다친 곳은 없고요?"

"예, 다행히 무탈하게 임무를 수행하고 있습니다."

"아군이 청군을 압도하고 있다고요."

"그렇습니다."

대진이 다시 전황 보고를 했다.

이번에는 대원군에게 한 것보다 더 상세하게 보고해 주었다. 보고를 받으며 국왕은 몇 번이고 감탄하며 기뻐했다.

"하하하! 참으로 잘되었습니다. 이제 우리 조선이 대륙의 주인이라 해도 과언이 아니게 되었어요."

"맞습니다. 장성 이북을 얻게 되었지만 실질적인 대륙의 주인은 우리나 다름없어졌습니다."

국왕도 슬쩍 본심을 보였다.

"황하 이북까지 내려가는 것은 욕심이겠지요?"

"국태공 저하께도 말씀드렸지만 실익이 없는 일입니다."

대진이 다시 한번 문제점을 설명했다. 이미 알고 있는 사항이었기에 국왕도 더 이상 욕심을 부리지는 않았다.

"맞는 말입니다. 공연히 한족만 좋은 일을 시킬 필요는 없지요."

"그렇습니다. 한족이 반발하면 나라가 어지러워집니다. 반대로 나라가 발전하면 인구가 많은 한족이 더 많은 혜택을 누리게 됩니다. 그렇다고 원나라처럼 민족을 차별하면 언젠가는 그 문제로 나라가 절단이 날 수밖에 없고요."

국왕도 모르지 않았다.

"그렇지요. 우리 조선도 이제 막 공업 발전을 시작한 상황인데 공연히 고생할 필요는 없지요."

"그렇습니다."

국왕이 궁금해했다.

"자금성을 비롯한 황궁 물품 이송 계획은 잘 진행되고 있습니까?"

"예, 청국 환관들의 도움으로 예상보다 잘 진행되고 있습니다."

"오! 청국 환관들이 도와주고 있다고요?"

"그러하옵니다."

대진이 청국 환관이 도움을 주게 된 상황을 설명했다. 설명을 들은 국왕은 크게 기뻐했다.

"그거 아주 잘되었군요. 경험이 많은 환관이 도와준다면 장차 일에 큰 도움이 되겠습니다."

대원군도 동조했다.

"맞는 말이오. 우리가 아무리 주례(周禮)의 예법을 따른다고 해도 완전할 수는 없는 법이지요. 그러한 때 평생 황실 예법을 몸으로 익힌 청국 환관이 있다면 큰 도움이 되고말고요."

국왕이 대진에게 질문했다.

"이 특보, 새로운 황도는 정녕 100만 인구가 살 수 있도록 설계를 하는 것이오?"

"그렇습니다. 요양은 벌판이어서 도시계획을 하는 데 좋은 환경을 갖고 있습니다. 그래서 지금 청국 포로를 요양의 성벽은 물론 잔해 해체 작업에 동원하고 있습니다. 그 작업이 완수되면 곧바로 공사를 시작할 예정입니다."

대원군도 큰 관심을 보였다.

"마군의 건축가들이 어련히 잘 알아서 하겠지. 그보다 새롭게 지어질 황성이 어떤 모습을 하게 될지 참으로 궁금하네."

"조감도를 보시지 않았습니까?"

"보기는 했지만 너무 웅장해서 그게 실제로 구현될지 의문이네. 그리고 황성 건설에는 막대한 예산이 들어가는데, 그 많은 예산을 어디서 충당할지도 걱정이야."

국왕도 우려했다.

"아버지께서 왕실의 위엄을 세우기 위해 경복궁을 중건하셨지요. 그런데 중간에 화재가 나는 바람에 거의 대부분을 새로 지어야 했고요. 그 바람에 예산이 부족해서 아주 큰 곤욕을 치렀습니다."

대원군이 한숨을 내쉬었다.

"후! 맞소이다. 예산 벌충을 위해 당시 좌상이었던 김병국 대감의 건의를 받아들여 당백전과 당오전을 발행했지요. 그런데 그 일이 악재가 되어 물가가 급격히 뛰어오르는 바람에 아주 큰 홍역을 치렀지요."

국왕이 말을 이었다.

"새로운 황성은 경복궁보다 규모가 훨씬 더 큰 규모로 알고 있습니다. 그런 황성을 건설하는 데 예산이 문제가 되지는 않겠는지요?"

대진이 자신 있게 설명했다.

"조금도 걱정하지 않으셔도 됩니다. 조감도에서 보셨겠지만 새로운 황성은 조선의 전통 방식과 서양의 방식이 혼합된 형태로 지어집니다. 규모도 자금성에 버금갈 정도이고요."

"그런 것으로 알고 있습니다."

"황성 건설에 필요한 목재는 남방에서 대한무역이 이미 넘치도록 들여다 놓았습니다. 지붕을 덮을 황금기와는 청국에서 전쟁배상금 조로 들여올 예정이고요. 아울러 인부들은 청군 포로들을 활용할 예정이지요. 그리고 전각의 내부는 자금성에서 가져올 물건들로 장식할 예정입니다. 그래서 목수들과 장인들에게만 인건비가 지급될 예정이기 때문에 예산이 의외로 적게 들어갈 것입니다."

설명을 들은 국왕의 용안이 펴졌다.

"다행이네요. 새롭게 지어지는 황성의 규모가 커서 걱정했는데 말씀을 듣고 보니 안심이 되네요."

"포로가 많아서 준공 기간도 크게 단축될 것입니다."

"그런데 100만까지 사람이 모여들까요?"

"솔직히 100만도 적다고 생각합니다."

"그래요?"

"우리 조선의 인구가 지난 몇 년 사이 급격히 늘어나고 있는 상황입니다. 이 추세대로라면 2,000만은 몇 년 내 달성할 것입니다. 그 이후부터 인구는 폭발적으로 늘어날 것입니다. 그런 나라의 수도라면 인구가 적어도 200~300만은 되어야 정상입니다."

국왕이 놀랐다.

"그 정도로 많은 인구가 황도에 모인다는 말입니까? 그렇다면 처음부터 거기에 맞춰 계획을 세워야 하는 거 아닌가요?"

"앞으로의 도시계획은 인구 증가 속도에 맞춰서 추가로 설계해 나가면 됩니다. 그보다는 몰려드는 인구를 어떻게 효과적으로 받아들일지에 대한 연구가 필요합니다. 아울러 양질의 일자리를 만드는 일도 중요하고요."

"차곡차곡 하자는 말씀이군요."

"그렇습니다. 그리고 너무 많은 인구가 수도로 몰리면 빈민들이 크게 발생하는 등의 사회문제가 대두될 수밖에 없습니다. 그렇게 되지 않도록 지방 경제를 지속적으로 활성화하는 정책 개발도 반드시 필요하고요."

대원군도 동조했다.

"맞는 말씀이네. 이곳 한양도 청계천 주변으로 지방에서 올라온 빈민들이 모이면서 문제가 되고 있지. 새로운 황도에서는 그런 일이 발생하지 않도록 미연에 신경을 써야 할 걸세."

그때 국왕이 나섰다.

"그런데 새로운 황도에는 우리와 다른 민족을 북경이나 심양처럼 따로 거주하게 할 겁니까?"

대진이 고개를 저었다.

"그렇지 않습니다. 청국이 한족과 만주족을 분리한 것은 인구수가 워낙 차이 나서입니다. 그러나 우리는 이번에 실시하는 소개 정책이 성과를 보이고 있어서 그렇게 차별하지 않아도 됩니다."

"그렇다면 다행이군요. 그렇지 않아도 요동 요서에서 한족에 대한 소개 정책이 성과를 보인다는 보고는 받았습니다."

대원군이 거들었다.

"이주하지 않으면 재산을 몰수하고 노예로 삼겠다는데, 버텨 낼 자들이 어디 있겠나."

국왕이 동조했다.

"맞습니다. 우리의 지배를 받는 것도 싫어하는 한족들이 많은데 당연히 이주를 하겠지요."

대진이 상황을 설명했다.

"그래도 노약자들이나 설마 하는 심정으로 남는 경우도 상당수 있다고 합니다. 재물이 많은 상인들도 마찬가지고요."

"상인들이 남으려 한다고요?"

"대륙 왕조는 상인들의 도움을 받아 창업한 경우가 대부분입니다. 만주족이 만리장성을 넘어 북경에 입성했을 때도 다수의 상인들의 도움을 받았고요. 그런 상황을 알고 있는 요동의 상인 중 몇몇이 은밀히 우리에게 선을 대려고 노력하고 있는 것으로 압니다."

국왕이 놀랐다.

"요동의 한족 상인들이 접촉을 해 왔다고요?"

"그렇습니다."

"그래서 어떻게 되었습니까?"

"요동은 대륙과 북방 그리고 한반도와 만주가 만나는 지리적인 요충지입니다. 그래서 과거였다면 한족 상인의 제안을 외면하기 어려웠을 겁니다. 그들의 자금도 많이 필요했을 것이고요."

"당연히 그랬겠지요."

"그러나 지금은 다릅니다. 지금의 우리는 농경 사회에서 공업 사회로 넘어가는 단계입니다. 그래서 과거처럼 농경에서 생산된 말이나 양털과 같은 물산이 그렇게 중요하지 않습니다."

국왕의 용안이 밝아졌다.

"역시 공업이 발전하면서 모든 상황이 달라지는군요. 한족 상인들은 그런 변화를 모르고 쓸데없는 욕심을 갖고 접촉한 것이고요."

"그렇습니다. 북방의 몽골과는 어느 정도 교류를 해야겠지요. 그러나 그것도 우리가 필요한 물자만 교류하면 되기 때문에 큰 의미가 없습니다."

대원군이 걱정했다.

"그래도 몽골이 기병을 몰고 오면 문제가 되지 않겠나?"

대진이 고개를 저었다.

"조금도 걱정하지 않으셔도 됩니다. 과거에는 몽골의 기병을 걱정해서 일부러 교류의 장을 열었었습니다. 그러나 시대가 바뀌었습니다. 이제는 냉병기가 아닌 화기의 시대입니다. 몽골 기병이 몰려온다 해도 바로 제압이 가능합니다."

국왕이 크게 고개를 끄덕였다.

"일부러 북방 유목민에게 호혜를 베풀 필요는 없다는 말이

군요."

"그렇습니다. 몽골은 지하자원이 많은 지역입니다. 그래서 지금 당장은 아니지만 몽골은 독립하면 긴밀한 교류를 맺어야 하는 지역이기도 합니다. 그러나 청나라에 예속된 지금의 몽골은 그렇게 매력적인 지역이 아닙니다."

"그런 부분까지 고려해서 직례 지역을 돌려주려는 것이군요."

"그렇습니다."

대원군도 동조했다.

"아직은 내실을 더 다져야 하는 우리에게는 넓은 땅을 얻는 것이 결코 좋지 않아. 그리고 우리가 너무 많은 영토를 얻게 되면 서양 제국의 집중적인 공략을 당할 우려도 있어."

그 말에 대진은 크게 놀랐다.

"대단하십니다. 국태공 저하께서 이런 말씀을 하실 줄은 몰랐습니다."

대원군이 크게 웃었다.

"하하하! 사별삼일(士別三日)이면 즉당괄목상대(卽當刮目相對)라고 했네. 마군이 개혁을 추진한 지가 대체 얼마이던가. 그 기간 동안 보고 들은 것들이 얼마인데 당연히 바뀌어야지."

국왕도 격하게 동조했다.

국왕이 대진을 바라봤다.

"과인도 마찬가지입니다. 이 특보는 아버지와 과인에게 국제적인 안목을 넓혀 주기 위해 지금까지 다양한 조언을 해 주었지요. 그런 조언을 들은 우리의 눈과 귀가 열리지 않는다면 그것이 오히려 이상한 일이지요."

대원군이 흐뭇한 얼굴로 고개를 끄덕였다.

"맞는 말이야. 주상의 말이 맞아."

대진이 고개를 숙였다.

"감사합니다. 두 분께서 세상을 바라보는 시야가 달라진 덕분에 우리 조선이 이렇게 변할 수 있었습니다. 그리고 그런 변화가 고토 수복은 물론이고 칭제건원을 할 수 있는 바탕이 된 것이고요."

칭제건원이라는 말에 편전의 분위기가 후끈 달아올랐다. 대화 내용을 기록하던 사관도 붓을 멈추고 사람들을 바라볼 정도였다.

국왕의 용안이 붉어졌다.

"아아! 말만 들어도 가슴이 뛰는군요."

대원군도 동조했다.

"그러게 말이오. 내 생전에 이런 말을 듣는 날이 오게 될 줄은 꿈에도 몰랐소이다."

대진이 권유를 했다.

"전하! 그리고 저하. 새로운 황도를 건설하려면 3~4년의 시간이 필요합니다. 군이 대륙을 평정하고 개선하는 것은 그 전이 될 것이고요. 그러니 군이 개선한 뒤에 적당한 날을 정해 하늘에 고하는 것이 좋지 않겠습니까?"

대원군의 목소리가 높아졌다.

"그거 아주 좋은 생각이야! 우리 조선이 이제 대륙 최고의 나라가 되었으니 당연히 천자의 나라가 되었음을 하늘에 고하고 천하에 선포해야지. 그런 기쁜 일은 때가 중요한 만큼 원정군이 개선하고 나서 날을 잡는 게 좋겠어. 주상의 생각은 어떠시오?"

국왕은 두말하지 않았다.

"소자가 더 무엇을 바라겠습니까? 무엇이든 아버지의 말씀을 따르겠습니다."

"좋습니다. 그러면 내각과 협의해 내가 직접 일정을 추진해 보리다."

"그렇게 하십시오."

대진이 권했다.

"국태공 저하, 그와 관련된 실무 문제는 청국 환관들의 도움을 받으시지요."

대원군이 반색했다.

"그거 아주 좋은 생각이네. 과거 명나라 시절에 일개 환관이 칙사로 와서 온갖 횡포를 부린 적이 있었지. 청국 시절에는 그런 일이 없었지만, 그런 과거의 아픔을 씻어 내기 위해서라도 청국 환관의 도움을 받는 것이 의미가 있겠어."

국왕도 동조했다.

"맞는 말씀입니다. 과인도 그들의 보좌를 받아야 하니 미리 만나 보는 것도 좋을 듯하옵니다."

"그렇지요. 그리고 그들이 궁 내부에 소속되려면 주상에게 충성을 맹세해야 합니다."

대진이 동조했다.

"맞습니다. 당연히 충성 맹세를 받아야 합니다."

대원군이 대진을 바라봤다.

"이 특보는 한양에 계속 있을 것인가?"

"아닙니다. 요양을 먼저 들렀다가 북경으로 넘어가 봐야 합니다."

대진의 말을 들은 국왕이 궁금해했다.

"북경에 무슨 볼일이 있는 거요?"

"예, 북경의 유리창(琉璃廠)을 뒤져 볼 계획입니다."

대원군이 눈을 크게 떴다.

"이 특보도 고서적에 관심이 많은가?"

대진이 고개를 저었다.

"아닙니다."

"그런데 왜 유리창을 뒤져 보려는 거지?"

"유리창은 대륙의 고서적과 서화가 모이는 곳이라고 하더군요. 그래서 사람을 풀어서 본국의 역사와 관련된 서적을 수집해 보려고 합니다."

"아! 그래?"

대진이 사정을 설명했다.

"우리가 온 이래 지금까지 지속적으로 역사서를 수집하고는 있습니다. 그런데도 우리 역사 중에 고대에 대한 자료가 많이 부족합니다. 고구려와 백제, 발해에 대한 역사서도요. 그래서 이번 기회에 유리창을 샅샅이 뒤져 볼 생각입니다. 그래서 우리 역사서가 별도로 있지나 않은지 철저하게 조사해 보려고 합니다."

국왕이 적극 지지했다.

"좋은 생각이오. 기왕에 그런 일을 시작하는 거니 좋은 결과가 있었으면 좋겠네요."

"열심히 해 보겠습니다."

대진은 한동안 국왕에게 지금의 전황과 앞으로의 전망을 설명했다. 그러고는 퇴궐해서 몇 개월 만에 집으로 갔다.

연락도 하지 않았으나 아내는 차분하게 대진을 맞이했다. 그런 아내의 침착함에 대진은 절로 마음이 편안해졌다.

며칠 동안 푹 쉬었다.

그렇게 몇 개월의 여독을 푼 대진은 공군의 도움을 받아 요양으로 날아갔다.

요양은 북벌 초기 청군이 고의로 일으킨 대화재로 폐허가 되었다. 그래서 본진이 서진한 뒤에 올라온 예비사단이 포로들을 동원해 성벽까지 철거 작업을 했다.

그렇게 몇 개월이 지난 지금 요양에는 과거의 흔적이 거의 남아 있지 않았다.

"어서 오십시오."

대진을 맞은 사람은 황도 건설의 총감독을 맡은 양갑용이었다.

양갑용은 S중공업 출신으로 조선에 와서 지금까지 건축 관련 업무를 맡아 왔다. 그가 참여해서 만든 건축물은 경복궁 별궁과 내각 건물 등 상당히 많았다. 이번에도 그런 경험을 바탕으로 새로운 황도 건설의 총감독이 된 것이었다.

대진도 반갑게 인사했다.

"총감독님, 오랜만입니다."

"예, 반갑습니다."

두 사람은 악수를 나눴다.

대진이 요양을 둘러봤다.

"주변이 깨끗이 정리되었네요."

양갑용이 웃으며 설명했다.

"포로들을 동원해 성벽까지 깨끗하게 정리했습니다. 덕분에 새로운 황도를 건설하기에 더없이 좋은 환경이 되었고요."

"완전히 신도시가 되겠네요."

"그렇습니다."

양갑용의 얼굴이 붉어졌다.

"인구 100만이 거주하는 신도시를 제 손으로 건설하게 되었습니다. 그것도 완전한 신도시로요."

"어떻게, 설계는 다 되었습니까?"

"변경된 설계를 말씀하시는 겁니까?"

"설계가 바뀌었습니까?"

양갑용이 설명했다.

"그렇습니다. 황도 건설에 필요한 설계는 2년 전부터 작업해 왔습니다. 그때는 요양성의 성벽과 건물이 있는 것을 상정해서 입안했었지요. 그런데 와 보니 완전히 폐허더군요. 그래서 필요 없는 부분을 전부 들어내느라 설계도를 전면적으로 손보고 있는 상황입니다."

"그렇군요."

"그리고 기왕 손보는 김에 토목 설계까지 새롭게 하고 있습니다."

"공사가 늦어질 수도 있겠네요?"

양갑용이 고개를 저었다.

"꼭 그렇지는 않습니다. 이번에 본토에서 현장 경험이 많은 일본인 포로들이 대거 넘어왔습니다. 그들을 중심으로 한족 포로들을 적극 활용한다면 공기는 충분히 맞출 수 있을 것입니다."

"그렇다면 다행이네요."

"그래도 주요 건물의 완공은 3년 정도는 기다려야 합니다. 그뿐만이 아니라 전체적으로 완공을 보려면 10년은 예상해야 하고요. 그것도 포로들이 있어서 가능한 일입니다."

"인구 100만의 신도시를 만드는 일입니다. 그 정도의 시간은 당연히 필요하겠지요."

"새로운 황도는 한양과는 전혀 다른 모습이 될 것입니다. 과거처럼 고층 건물을 짓지는 못하겠지만 도로 전면은 서양처럼 3층 건물로 통일할 것입니다. 아울러 3~5층짜리 연립주택도 황도 곳곳에 대거 지어질 예정입니다."

"배수시설을 최대한 잘 정비를 해야겠네요. 급수시설도 강력하게 갖춰야 할 것이고요."

"물론입니다. 새로운 황도에는 가장 먼저 하수도와 함께 급·배수시설부터 설치할 예정입니다. 요양의 옆에 있는 태자하강에는 대규모 정수시설도 설치할 예정이고요."

양갑용은 한동안 공사 계획에 대해 설명했다. 그의 말을 들으며 고개를 끄덕이던 대진이 질문했다.

"황궁은 어떻게, 준비를 잘하고 계십니까?"

"우선은 창고부터 건설하고 있습니다."

"자금성 등에서 가져온 물건을 보관하려는 거로군요."

"그렇습니다. 올여름을 지내 보니 의외로 요양 일대에 비가 제법 오더군요. 알아보니 겨울에는 눈도 상당히 내린다고 합니다. 그래서 우선은 자금성 등에서 가져온 물건을 보관할 수 있는 대형 창고부터 건설하고 있습니다."

양갑용이 한쪽을 손으로 가리켰다. 그곳에는 수십 동의 목조 창고 건물이 지어지고 있었다.

"북경에서 넘어오는 물건들은 최우선적으로 저곳에 보관

됩니다. 그런 뒤 황궁 건물이 지어지는 대로 제자리를 찾아 갈 예정입니다.”

“3년이란 시간은 길다면 길고 짧다면 짧은 시간입니다. 그 기간 동안 황궁이 전부 완성될 수 있겠습니까?”

대진의 질문에 양갑용이 고개를 가로저었다.

“모든 전각이 완성되기는 어려울 것입니다. 하지만 3층으로 지어질 신궁전과 주요 전각들은 대부분 완공할 수 있을 것입니다.”

“그 정도만 해도 천도의 준비는 마쳤다고 봐도 되겠군요.”

“예, 그렇습니다. 그래도 최대한 노력해서 더 많은 전각을 지어 보도록 노력하겠습니다.”

“잘 부탁드립니다.”

대진은 요양에서 하루를 머물렀다. 그러고는 이전에는 가보지 못한 심양으로 올라갔다.

심양은 북벌 초기 청국의 저항이 상당했던 곳이었다. 더구나 만주 최초의 격전이 벌어진 탓에 도심지가 파괴된 정도가 상당했다.

다행히 지난 몇 개월 동안 정비가 상당히 이뤄져 있었다.

심양은 만주족만이 거주하던 지역이어서 포로 대부분이 만주족이었다. 그들을 적극 활용한 덕분에 전쟁의 상흔이 많이 가셨다.

그리고 청나라 황궁은 피해가 없어서 대진은 궁 내부도 샅샅이 둘러봤다.

그렇게 요양과 심양을 둘러본 대진은 다시 공군의 도움을 받아 북경으로 넘어왔다.

"충성! 다녀왔습니다."

손인석이 환대했다.

"다녀오느라 고생이 많았다."

"아닙니다. 공군 덕분에 편안히 잘 다녀왔습니다. 그나저나 별일은 없었습니까?"

"다행히 아무 일도 없었어."

"청국도 한동안은 움직이지 않겠지요?"

손인석이 고개를 끄덕였다.

"당연히 그럴 수밖에 없을 거야. 몇 달 동안 우리에게 줄기차게 시달렸으니 한동안은 움직일 생각조차 못 할 거야."

"우리도 이곳에서 겨울을 보낼 준비를 해야겠습니다. 군량 준비에는 문제가 없겠습니까?"

손인석이 고개를 저었다.

"그 문제는 신경 쓰지 않아도 돼. 일본에서 지난번처럼 배상금 조로 50만 석의 쌀이 넘어오기로 되어 있어. 그 물량이라면 우리와 만주 주둔 병력의 군량은 충분히 감당하고도 남아. 그리고 대륙의 각 지역마다 지어 놓은 양곡 창고에도 상당량의 쌀이 저장되어 있잖아."

"코친차이나에서도 양곡이 올라올 터인데요."

"안남미는 본국에서 밀과 혼합해서 건빵으로 만들어서 보급할 예정이야. 그리고 각지에 마련된 통조림공장에서도 양질의 물량이 보급될 예정이지."

"야채와 육류만 수급하면 되겠네요."

"그 부분도 신경을 쓸 필요가 없어."

"좋은 방안이 있나 봅니다."

"지금 황하 이북은 물론이고 해병대가 주둔해 있는 하남 지역의 크고 작은 관청을 샅샅이 훑고 있어. 그런 관청마다 금액의 차이가 있지만 상당량의 은화가 보관되어 있어."

대진의 눈이 커졌다.

"그 은화를 사용하시려는 겁니까?"

"그래, 이곳 직례 일대에는 만주족의 영향으로 인해 방목하고 있는 소와 가축이 엄청나게 많아. 하동과 산동도 마찬가지지."

"지역의 가축을 매입하려는 것이군요."

"그렇지. 이 특보가 본국으로 돌아가고 얼마 지나지 않아 북경의 상인들이 찾아오기 시작했어. 우리는 그런 상인들을 적절히 활용해서 육류 소비를 충당하려고 해."

대진이 크게 놀랐다.

"아! 벌써 상인들이 찾아왔군요."

"그래."

"대단한 자들이네요. 이런 시기에 우리를 찾아오고 말입니다. 그들에게 우리는 쫓아내야 할 적인데도 도리어 거래를 위해 서슴없이 찾아오다니요."

손인석도 동의했다.

"맞는 말이야. 대륙에서 전쟁이 일어나면 상인들이 가장 살판이 난다고 하더니 그 말이 맞았어."

대진이 우려했다.

2장

"그들과 거래를 해도 문제가 없겠습니까? 육류 수급은 한족 상인들이 나쁜 마음만 먹으면 큰 문제가 생길 수도 있습니다."

손인석이 고개를 저었다.

"그 점은 신경 쓰지 않아도 돼. 모든 가축은 생물로 들여오기로 했어. 그리고 야채의 경우에는 철저하게 검수한 뒤 삶아서 사용하면 별문제가 발생하지 않아."

대진이 고개를 끄덕였다.

"우리가 도축한단 말이군요. 야채는 전부 삶아서 사용하고요."

손인석의 설명이 이어졌다.

"짧으면 반년, 길면 1년 이상 이곳에 주둔해야 해. 그래서 아예 부대 내에 도축 시설을 만들기로 했지. 다행히 주방을 맡고 있는 장병의 다수가 도축 경험이 있어서 도축장 운영에는 별문제가 없을 것 같아."

대진이 놀랐다.

"도축 경험자가 다수나 된다고요?"

"그래, 징병 초기 노비나 천인 출신들을 먼저 선발한 것이 도움이 되고 있어."

대진이 이해했다.

"아! 백정 출신들도 입대했나 보군요."

"그렇지. 도축도 기술이잖아. 그런 도축 기술자들이 입대한 덕분에 장병들의 보급이 풍성해질 것 같아."

"다행이네요. 그런데 직례 방면에는 피난민들이 많아서 방치된 가축도 상당히 많지 않겠습니까? 그런 가축은 그대로 잡아 와도 문제가 안 될 터인데요."

손인석이 고개를 저었다.

"그러지 않아도 될 것 같아. 병력을 풀어 보니 청국 관아에 보관된 은과 청전이 상당히 많았어. 그렇게 모아들인 자금이 없다면 모르겠지만 구태여 그럴 필요는 없을 것 같아."

"상인들로 하여금 거둬 오게 할 계획이시군요."

"그렇지. 나중을 위해서라도 그게 좋은 것 같아서 상인들을 이용하기로 했어."

"예, 잘하셨습니다."

손인석의 설명을 모두 들은 대진은 천진에서의 상황을 전했다.

"……그런 정황으로 봐서는 프랑스가 다른 꿍꿍이가 있는 것이 분명합니다."

손인석이 어이없어했다.

"프랑스가 그렇게 노골적으로 움직이다니. 그렇다면 우리가 따로 작업할 필요도 없다는 거잖아."

"지금으로선 그렇습니다."

"좋아. 그들의 오판을 불러일으키도록 우리 병력을 대륙에다 확실히 묶어 두도록 하자."

"그게 좋겠습니다. 아울러 수군 함대도 되도록 천진 주변에서는 대규모로 기동하지 않는 것이 좋겠습니다."

"알겠어. 수군에는 내 별도로 지시하지."

"감사합니다."

대화가 마무리되자 대진이 자리에서 일어났다.

"내일부터 저는 당분간 본국에서 온 학자님들과 함께 유리창을 뒤져 볼 계획입니다."

손인석도 알고 있는 내용이었다.

"우리 역사서를 찾는 일을 하려고?"

"그렇습니다."

"알았어. 잘해 봐."

대진이 인사를 하고 밖으로 나왔다.

그리고 자금성으로 들어가 조선에서 온 학자들과 한동안 상담했다.

그런 다음 날.

대진은 10여 명의 학자와 2개 중대 병력을 대동하고 유리창을 찾았다.

유리창은 원 · 명대에 황실에 유리기와를 공급하면서 이름이 붙여졌다. 그러다 청나라 초기 골동품 책방이 하나둘 들어서며 업종이 바뀌었다.

이후 건륭 연간, '사고전서'의 수찬으로 문인 학자들이 몰려들면서 고서적과 골동품 점포가 부쩍 흥성하였다. 그런 유리창에는 100여 개가 훌쩍 넘는 골동품 · 고서 점포가 줄지어 늘어서 있었다.

이런 유리창에는 언제나 많은 문인과 학자로 붐볐다. 그러나 전쟁은 이곳을 비켜나지 못해 대부분의 상가들이 문을 닫았으며 오가는 사람도 거의 보이지 않았다.

대진은 중대장에게 지시했다.

"모든 골동품 상점의 출입을 통제하게."

"예, 알겠습니다."

청국 황실이 피난을 가면서 유리창 고서점가의 상점 주인들도 상당수가 피난을 떠났다. 그러나 고가의 골동품과 고서화

등을 소유한 상인 중 일부는 피난을 가지 않고 주저앉았다.

이들은 전쟁의 두려움보다 자신들이 소장한 재물에 대한 탐욕이 더 컸다. 그래서 전쟁의 승패에 대한 관심보다는 전쟁 때문에 재물이 손상되지나 않을까 노심초사하고 있었다.

그런데 이날.

일단의 조선군 병력이 몰려왔다.

몰려온 병력은 유리창의 모든 골동품 상점으로 흩어졌다. 골동품 상점 주인들은 하나같이 두려움을 가득 안고 그런 조선군을 지켜보고 있었다.

병력 배치를 마친 대진이 학자들과 함께 첫 번째 상점으로 갔다. 첫 번째 상점은 주인이 피난을 가서 아무도 없었다.

대진이 지시했다.

"문을 따라!"

우지끈!

지시를 받은 무관은 소총의 개머리판으로 자물쇠를 그대로 깨트렸다. 그렇게 문을 따고 안으로 들어간 대진은 학자들을 돌아봤다.

"지금부터 수색을 시작하시지요."

"알겠습니다."

학자들은 장병들의 도움을 받아 가며 상점을 뒤졌다. 이들은 청국의 골동품에는 관심을 갖지 않고 고서화와 서적만을 수색했다.

대진은 다음 상점도 같은 방식으로 문을 따고 들어갔다. 그러고는 다시 학자들과 장병들을 배정하고는 다른 상점으로 넘어갔다.

그렇게 세 번째 상점으로 다갔을 때. 이번에는 상점의 문이 먼저 열리고 상점 주인이 튀어 나왔다.

상점 주인이 소리쳤다.

"대체 이게 무슨 짓입니까? 상점의 물건에는 엄연히 주인이 있습니다. 더구나 문도 자물쇠로 잠겨 있고요. 그런 상점을 도적처럼 깨부수고 들어가는 법이 어디 있습니까?"

이것이 시작이었다.

조선군의 행보를 불안하게 바라보던 성점의 주인들이 우르르 몰려나왔다. 그러고는 마치 짜기라도 한 것처럼 대진을 몰아붙였다.

대진은 어이가 없었다.

처음에는 두려워 떨던 사람들이었다. 그러던 사람들이 10여 명 이상이 모이자 마치 성토하듯 목소리를 높이고 있었다.

상점 주인들은 누가 먼저라 할 것도 없이 목소리를 높였다. 대진은 이런 사람들을 가만히 노려만 보았다.

그러자 어느 순간부터 목소리가 낮아지다가 이내 조용해졌다. 상점 주인들은 두려운 표정으로 자라목이 되어 대진을 흘낏흘낏 올려다봤다.

주변이 조용해지자 대진이 그제야 한발 앞으로 나섰다. 그

것을 본 상점 주인들이 놀라 뒤로 한 걸음 황급히 물러났다.

대진이 통역을 내세웠다.

청국어 통역이 모두에게 소리쳤다.

"여기 계신 분은 조선 왕실의 특별보좌관님이시오! 이분께서는 이곳 유리창에서 찾아야 할 물건이 있어서 이렇게 온 것이오. 그러니 만약 여러분이 도움을 준다면 쉽게 일이 끝날 것이나 그러지 않는다면 아주 곤욕을 치를 것이오."

통역의 말에 상점 주인 중 한 명이 나섰다.

"대체 무엇을 찾으시려는 겁니까?"

대진이 나섰다.

"나는 우리 조선과 관련된 고서화와 서적을 찾고 있습니다."

대진은 자신이 찾고자 하는 책의 종류와 서화 등을 상세히 알려 주었다.

"……그런 조선의 역사서와 고서화를 여러분이 자발적으로 찾아 주셨으면 합니다. 그러면 우리는 최대한 조심스럽게 여러분의 물건을 다룰 것입니다. 허나!"

대진이 모두를 둘러봤다.

"협조해 주지 않거나 일부러 숨기려는 사람들에게는 일고의 편의도 봐주지 않을 것입니다."

상인 한 명이 앞으로 나섰다.

"정말 그것만 찾아 주면 됩니까?"

"그렇습니다."

다른 상인이 나섰다.

"우리 상점은 조선의 최고 명필인 완당 선생이 청국에서 쓴 글을 매입해서 보관하고 있습니다. 그런 글도 내주어야 합니까?"

대진이 양해를 구했다.

"안타깝겠지만 모두 돌려주셨으면 합니다. 그 대신 적정한 가격은 지불할 것입니다."

그 말에 상인의 얼굴에 화색이 돌았다.

"정녕 가격을 쳐주시는 겁니까?"

"그렇습니다. 아! 물론 그만한 가치가 있는 작품에 한해서 대가를 지급할 겁니다."

가격은 지불하나 터무니없는 가격은 지급하지 않겠다는 뜻이었다. 그러나 강탈당하지 않은 것만으로도 상인은 희희낙락한 표정을 지었다.

다른 상인이 조심스럽게 나섰다.

"다른 상점에서 보관된 조선에 관련된 사료나 서적도 매입하시는 겁니까?"

대진이 즉석에서 대답했다.

"물론입니다. 가치가 있는 것이라면 당연히 대가를 지급할 것입니다."

상인이 바로 두 손을 맞잡았다.

"감사합니다."

대진이 모두를 둘러봤다.

"지급하는 대가가 여러분이 원하는 정도가 아닐 수도 있습니다. 그러나 여러분이 협조만 잘해 준다면 절대 강탈할 생각이 없다는 점만은 분명히 알아주셨으면 합니다."

그때 다른 상인 한 명이 나섰다.

"제값을 쳐주시겠다는 말씀은 너무나 감사합니다. 허나 사안이 중한 만큼 잠시 논의할 시간을 주십시오."

대진은 선선히 승낙했다.

"그럽시다. 그러나 우리는 오래 기다려 줄 시간이 없어요. 그러니 빨리 결정해야 합니다."

"알겠습니다."

어떻게 보면 논의하고 말고 할 일이 아니었다.

그리고 청국에서는 조선과 관련된 문서나 서화가 그렇게 큰 비중을 차지 않는다.

더구나 대금을 치르겠다고 공언까지 한 마당이기에 다른 말이 나올 것도 없었다.

잠깐 동안 논의를 마친 상인들이 다시 다가왔다.

골동품상 대표가 나섰다.

"좋습니다. 저희들은 지금부터 전적으로 협조하겠습니다. 그러니 최대한 물건이 손상되지 않도록 해 주십시오."

"그렇게 하지요."

대진은 10여 명의 학자들을 주인이 있는 상점에 먼저 배치했다. 그래도 부족한 인원은 초급무관 이상의 간부들로 대신 배치했다.

상점 주인들은 처음만 해도 조선군이 온 것에 대해 크게 경계했었다. 전쟁이 벌어지면 타인의 재물을 강탈하는 일이 흔하게 벌어지기 때문이다.

그러나 대진은 찾고자 하는 물건과 대가 지급을 먼저 밝혔다. 그 덕에 일이 의외로 순조롭게 진행되는 듯 보였다.

그러나 여기에는 한 가지 문제가 있었다.

그것은 바로 유리창 골동품 상점에 보관되어 있는 물건들이 어마어마하게 많아 조선과 관련된 물건과 자료를 찾는 데에 상당한 노력과 시간을 요한다는 것이었다.

물론 각 상점에서는 나름대로 물건 목록을 철저하게 정리해 관리하고 있었다. 하지만 그중 조선과 관련된 물건과 자료는 인기가 별로 없어서 무수히 많은 물건들 사이에서 거의 천덕꾸러기와 같은 신세로 내쳐져 있었다는 점이 원인이 되었다.

그럼에도 조선의 학자들은 끈질기게 열과 성을 다해 자료를 조사해 나갔다.

이런 학자들의 열성에 골동품 상점 주인들은 감동했다. 그래서 자신들의 상점은 물론 문이 잠긴 상점까지 들어가서는 직접 도움을 주었다.

북경에서 이런 일이 벌어지고 있을 무렵.

청국 황실이 피난해 있는 무한에서는 곤혹스러운 일이 벌어지고 있었다.

서태후가 호통을 쳤다.

"대체 언제까지 황상과 내가 이렇게 허술한 곳에 머물러야 한단 말입니까?"

청국 대신들은 곤혹스러워했다.

무한은 상업도시다.

그런 무한에는 궁전과 같은 큰 시설이 없었다. 있다고 해야 무한관아의 객사가 고작이었다.

하지만 서태후는 지금까지 자금성에서 호화 생활을 해 왔다. 그런 서태후의 마음에 이런 지방의 객사가 찰 턱이 없었다.

대학사 공헌이가 나섰다.

"폐하, 황공하오나 무한에는 북경과 같은 황궁이 없사옵니다. 하오니 불편하더라도 이곳 객사에서 머무르실 수밖에 없사옵니다."

쾅!

"이보시오, 공 대학사. 없으면 만들어야지요. 도대체 언제까지 이렇게 불편한 객사에 나와 황상을 머무르게 할 참입니까?"

공헌이의 이마에 진땀이 뱄다.

"태후 폐하, 지금의 조정 형편으로는 지금 당장 신축건물 축성을 추진하기는 무리입니다."

서태후도 어려운 사정을 모르지는 않았다. 그럼에도 이런 식으로 강짜를 부리는 것에는 이유가 있었다.

서태후가 다그쳤다.

"허면 서둘러 병력을 모아서 북진을 하셔야지요. 그래야 황하 이북을 강점하고 있는 조선군을 몰아내지 않겠습니까?"

서태후가 바라는 바는 이것이었다.

무한으로 밀려 내려온 지 한 달여를 넘어서고 있었다. 그런데도 아직까지 누구도 징집을 하거나 병력을 충원하겠다는 말을 않고 있었다.

모두의 시선이 이홍장에게 쏠렸다. 그런 시선을 받은 그의 얼굴은 딱딱하게 굳어졌다.

주춤거리던 그가 고개를 숙였다.

"태후 폐하께 드릴 말씀이 없습니다."

서태후가 이홍장을 노려봤다.

"내가 지금 그런 변명을 들으려고 이런 말씀을 드리는 게 아니지 않습니까? 우리가 이곳으로 내려온 지 벌써 한 달이 넘었습니다. 그 정도면 병력을 수습하고도 남을 시간이지 않습니까?"

이홍장이 한숨을 푹 내쉬었다.

"후! 맞는 말씀입니다."

"그런데 왜 이러고 계시는 겁니까?"

"10만의 북양군이 겨우 2만밖에 남지 않았습니다. 섬강의 병력도 2만 명이 채 안되고요. 남양군의 병력은 그나마 10여 만이지만 이 중 절반 정도만이 실전을 감당할 수 있는 정도입니다."

"허면 징병을 하면 되지 않습니까?"

이홍장이 사정을 설명했다.

"직례에서 우리가 징병했던 병력이 50여만입니다. 북양 병력까지 하면 60여만이나 되었고요. 그 병력도 조선군을 막아내지 못했습니다. 안타깝게도 섬강 병력도 몇 번의 전투로 무너져 버렸지요."

서태후의 목소리가 냉랭해졌다.

"지난 일은 더 거론하지 마세요. 그 정도는 나도 알고 있습니다."

이홍장이 두 손을 모았다.

"송구합니다. 우리가 패전한 까닭은 조선군의 화력이 우리를 압도했기 때문입니다. 그래서 지금 당장 징병해서 병력을 50만, 100만으로 만든다고 해도 조선군과 정면으로 격돌하면 승리를 장담하기 어렵습니다."

쾅!

서태후가 팔걸이를 내리쳤다.

"아니, 그래서요? 그렇다고 해서 그냥 두고 보겠다는 겁니까?"

"그렇지는 않습니다."

"그러면 무슨 대책이 있는 겁니까?"

좌종당이 나섰다.

"폐하, 고정하십시오. 조선군과 맞싸우려면 적어도 50만 이상의 병력이 필요합니다. 그러나 그 많은 병력을 징병한다 해도 바로 움직일 수가 없습니다."

남양대신 심보정도 나섰다.

"그렇습니다. 새로운 병력을 징병하려면 당장 군수물자 수급이 문제가 됩니다. 우리 남양군의 군수공장을 철야로 돌린다고 해도 50여만 정의 소총을 생산하는 데에 반년이 넘게 걸립니다. 화포를 비롯한 각종 군수물자를 충당하는 데에는 더 많은 시간이 필요하고요."

서태후의 얼굴이 더없이 붉어졌다.

"북양군은 20만 정의 넘는 소총을 보관해 놓고 있었습니다. 그런데 남양군은 그런 비축물자가 하나도 없는 것입니까?"

심보정이 급히 허리를 숙였다.

"전혀 없지는 않습니다. 저희도 비축물자로 몇만 정의 소총을 보관해 놓고는 있습니다. 제가 말씀드린 것은 그런 사정이 다 감안해서입니다."

서태후가 머리를 짚었다.

"남양대신께서는 지금 당장 징병하는 것이 어렵다는 말씀

입니까?"

"그렇지는 않습니다."

"그렇다면 징병부터 해야지요. 그래야 훈련을 시켜서 정병으로 만들지요. 그러는 동안 화기도 제작할 거 아닙니까?"

"곧 추수철입니다. 이런 시기에 징병을 하게 되면 민심에 큰 악영향을 끼치게 됩니다. 그래서 징병을 하더라도 추수가 끝나고 하는 것이 좋습니다."

서태후가 대노했다.

"남양대신, 지금 무슨 말씀을 하는 겁니까? 나라가 누란의 위기에 처했는데 그렇게 한가한 말씀을 하실 때입니까?"

심보정이 두 손을 모았다.

"폐하, 송구하지만 징병 시기를 조금만 늦춰 주십시오. 백성들도 지금의 국가 위기에 대해 모르지 않습니다. 그래서 추수가 끝나고 징병하면 별다른 문제 없이 조정의 지시에 따를 것입니다."

이홍장도 나섰다.

"그렇사옵니다. 지금 징병한다 해도 어차피 겨울은 넘겨야 합니다. 그러니 한 달 먼저 하나 늦게 하나 별 차이가 없사옵니다."

이어서 좌종당까지 동조하고 나섰다. 청국의 군권을 책임지고 있는 세 사람이 나서서 만류하니 서태후의 목소리가 낮아졌다.

"알겠습니다. 그러면 추수 후에 징병을 실시하도록 하지요."
"현명한 결정이십니다."
"허면 얼마나 징병할 계획입니까?"
이홍장이 나섰다.
"생각 같아서는 100만 정도를 징병하고 싶습니다. 그러나 그렇게 되면 준비하는 데에만 1년 이상의 시간이 필요합니다. 그래서 50만 정도가 적당할 것으로 생각됩니다."
서태후가 우려했다.
"그 정도로 되겠습니까? 방금 북양대신께서 50만이 맞싸웠으나 조선군에 패했다고 하지 않았습니까?"
이홍장이 얼굴을 붉혔다.
"그렇기는 하옵니다."
"그러면 징집할 병력이 훨씬 많아야 하는 거 아닙니까?"
좌종당이 나섰다.
"폐하! 북양대신도 말씀하셨지만 그렇게 하려면 시간과 예산이 문제가 됩니다. 100만의 병력을 징병해서 훈련시키고 군수물자를 충당하려면 1년이 훨씬 넘는 시간이 필요합니다. 그리고 거기에 투입해야 할 군자금은 실로 막대할 것이고요."
서태후가 이마를 찌푸렸다.
"그렇다고 이기지도 못하는 병력을 징병해 봐야 무슨 소용이 있겠습니까?"
좌종당이 한발 물러섰다.

"우선은 저희들이 대책회의를 해서 방안을 찾아오겠습니다. 그러니 며칠 시간을 주십시오."

서태후도 더 추궁해 봐야 뾰족한 수가 없다는 사실을 모르지 않았다.

그녀가 한숨을 내쉬었다.

"후! 알겠습니다. 부디 조정의 중지를 잘 모아서 최선의 방안을 찾아오기를 바랍니다."

"예, 폐하."

청국 대신들은 객사를 나왔다.

그러고는 객사에서 조금 떨어진 관아의 중심 건물로 들어갔다.

10여 명이 둘러앉았으나 누구도 먼저 입을 열지 못했다.

서양 제국과의 몇 번의 전쟁에서 패하면서 나라가 나락으로 떨어지기는 했다. 그러나 아직은 대륙의 주인으로 청나라가 최고라는 자부심만은 조금도 줄어들지 않고 있었다.

그런데 변방의 속국으로만 생각하던 조선이 그런 그들의 자존심을 무참히 짓밟아 버렸다. 그것도 제대로 반격할 엄두도 못 낼 만큼 청국의 군사력을 완전히 무너트려 버렸다.

"후."

"하아!"

곳곳에서 한숨이 터져 나왔다.

거의 모든 대신들이 북경에서처럼 누구를 탓하지는 않았

다. 그 대신 어쩌다 이런 지경까지 이르게 되었는지에 대한 자책만 하고 있었다.

이들은 알고 있었다.

지금의 난국을 타개할 만한 대책이 거의 없다는 사실을.

그리고 대책을 세운다 해도 그것이 성공할 확률이 거의 없다는 사실도 알고 있었다.

이홍장이 자책했다.

"후우! 부끄러운 일이지만 지금의 우리 북양군은 별무신통입니다. 제가 북양대신이 된 지가 어언 10년이 넘었습니다. 그동안 나는 최선을 다해 군을 현대화해 왔다고 자부했습니다. 그래서 그 어떤 군대와 맞싸워도 지지 않을 자신도 있었지요. 그런데, 전혀 생각지도 않았던 조선군에게 이토록 무참히 패전할 줄은 생각지도 못했습니다. 참으로 부끄럽고 참담하기 그지없습니다."

좌종당도 자책했다.

"부끄러운 것은 제가 더합니다. 처음 북양군이 조선군에 밀린다는 말을 들었을 때는 솔직히 비웃기까지 했었습니다. 그러나 직접 조선군과 자웅을 겨뤄 보니, 왜 북양군이 연패를 했는지 절감하게 되었습니다."

조선군과 전투를 벌였던 이홍장과 좌종당은 절감하고 있었다. 자신들이 보유하고 있는 군사력으로는 조선군에 맞상대가 되지 않는다는 사실을.

공헌이가 나섰다.

"너무 자책하지 마십시오. 두 분께서는 우리 대청의 군권을 총괄하는 분들입니다. 그런 두 분이 이런 말씀을 하시면 어떻게 하란 말씀입니까?"

남양대신 심보정이 나섰다.

"정녕 징병한 병력만으로는 조선군을 상대하기 어렵겠습니까?"

이홍장이 고개를 저었다.

"쉽지 않습니다. 전투력은 말할 것도 없고 화기도 우리보다 월등합니다. 그런데 더 큰 문제는 조선군의 전쟁 수행 능력이 상상 이상이란 사실입니다."

"아! 그렇습니다."

"그리고 조선에 장강 이북을 장악할 속셈이 있었다면 그나마 반격의 여지라도 있었을 겁니다. 만일 그랬다면 조선군이 병력을 각지로 풀어서 민심을 장악하려 했을 테니까요."

심상정이 바로 알아들었다.

"각개격파만이 정답이란 말씀이군요."

"그렇습니다. 그러나 조선은 우리를 장강 아래로 밀어붙이고는 병력을 황하까지 철수해 버렸습니다. 그뿐만이 아니라 다른 지역으로는 병력을 보내지도 않고 직례 일대에만 웅거하고 있는 상황입니다."

좌종당이 동조했다.

"답답한 노릇입니다. 흩어져 있다면 각개격파라도 할 수가 있는데 조선군은 병력을 집중시켜 놓고 있습니다. 주둔한 지역에서 약탈도 하지 않고요."

군기대신 장지동이 나섰다.

"조선군이 왜 저런 행보를 보일까요? 보통의 경우라면 하남과 산동은 저들의 약탈로 초토화되었어야 합니다. 그런데 조선은 각지의 관청만 털 뿐 민가에는 일체 손대지 않고 있습니다. 그 바람에 해당 지역의 민심도 별로 나빠지지가 않고요. 혹시 조선군이 지역 민심을 안정시켜서 뭔가를 도모하려는 건 아닐까요?"

이홍장이 고개를 가로저었다.

"그렇지는 않습니다. 보고에 따르면 조선군은 요동과 요서 그리고 만주 일대의 우리 한족들을 전면적으로 소개시키고 있다고 합니다. 그것도 피난하지 않으면 전 재산을 몰수하고 노예로 삼겠다는 협박을 하면서요."

장지동이 놀랐다.

"아! 그러면 두 가지 정책을 병행한다는 말씀이군요. 만리장성 동쪽에서는 주민을 소개하고 서쪽의 직례에서는 거꾸로 주민을 안돈시키고요."

"그렇습니다."

그때 대화를 듣고 있던 예부상서 만청려가 나섰다.

"혹시 조선이 만리장성 이북만 욕심을 내는 건 아닐까요?"

그 말에 모든 사람들의 눈이 빛났다.

공헌이의 목소리가 높아졌다.

"만일 예부상서의 말씀이 맞다면 이건 이야기 자체가 달라집니다. 저는 조선군이 직례 일대를 포함한 황하 이북을 강점하려는 것으로 생각하고 있었습니다."

공부상서 장상하도 동조했다.

"옳으신 지적입니다. 저도 조선군이 황하까지 철수하는 것을 보고 그런 생각을 했습니다. 그래서 산동(山東)은 무사할지가 걱정되었지요."

이홍장이 침음하며 동조했다.

"으음! 여러분의 말씀이 상당히 일리가 있습니다. 아마도 조선은 만리장성까지를 탐내는 것 같습니다."

공헌이가 나섰다.

"그러면 어찌하면 좋을까요."

심보정이 의아해했다.

"어찌하다니요. 그게 무슨 말씀입니까?"

"지금 상황으로는 징병한다 해도 조선군을 몰아내지 못합니다. 그런데 조선군은 두 가지 정책을 병행하고 있고요. 이런 상황이라면 우리도 결정을 해야 하지 않겠습니까?"

청국 대신들은 대부분 공헌이가 무슨 의도로 말하는 건지 알아들었다. 그러나 누구도 협상하자는 말을 바로 꺼내지 못했다.

보다 못한 심보정이 나섰다.

“무슨 결정을 한단 말입니까?”

“심 대인도 알고 계시지 않습니까? 징병을 해도 이기지 못할 상황입니다. 그렇다면 조선과 어떤 식으로든 종전 협상을 해야 하지 않겠습니까?”

마침내 나온 그 말에 심보정의 말문이 막혔다.

“…….”

이홍장이 고개를 저었다.

“대학사 대인의 말씀이 일리는 있습니다. 그러나 지금 상황에서 태후 폐하께 그런 말을 어떻게 꺼낼 수가 있겠습니까?”

공헌이가 한숨을 내쉬었다.

“후우! 그렇지요. 다른 사람은 몰라도 태후 폐하께서는 절대 용납을 못 하실 것입니다.”

모두가 답답한 표정을 지었다.

누구도 나서서 서태후에게 그에 대한 진언을 하겠다는 말을 못 했다. 그 후폭풍이 얼마나 클지 어렵지 않게 짐작할 수 있었기 때문이다.

문제는 또 있었다.

전쟁이 벌어진 지 아직 몇 개월밖에 지나지 않았다. 아무리 승리가 어렵다지만 벌써부터 종전을 거론하는 것은 시기상으로도 문제가 되었다.

사정이 이렇다 보니 누구도 선뜻 어떻게 하자는 제안을 못

했다. 청국 대신들은 서로의 눈치를 보며 쉽게 입을 열지 못했다.

이홍장이 다시 나섰다.

"우선은 남양대신께서 관리하는 군수공장부터 완전 가동을 합시다. 그리고 소총이라도 대대적으로 양산합시다. 그러다가 추수가 끝나는 시점을 잡아 대대적인 징병부터 하는 게 좋겠습니다."

좌종당이 우려했다.

"지금 상황에서 징병이 효과가 있겠습니까?"

이홍장이 고개를 저었다.

"그래도 징병은 해야 합니다. 태후 폐하께 보여 주기 위해서라도 징병은 필요합니다. 그리고 어떤 식으로 종전된다고 해도 나라를 안정시키기 위한 병력은 필요하지 않겠습니까?"

공헌이가 동조했다.

"그건 그렇습니다. 종전 후의 나라를 안정시키기 위해서라도 병력은 많을수록 좋습니다."

이홍장이 심보정을 바라봤다.

"남양대신, 군수공장 가동에는 문제가 없겠는지요?"

심보정이 두 손을 모았다.

"그렇습니다. 다행히 얼마 전에 서양에서 소총 생산에 필요한 기자재를 대량으로 들여다 놓았습니다. 그것들을 적극 활용한다면 소총 생산만큼은 문제가 없습니다."

"그나마 다행이군요."
장지동이 나섰다.
"그런데 징병 이전까지 아무것도 하지 않고 시간만 보낼 수는 없지 않겠습니까?"
공헌이가 즉각 질문했다.
"장 군기대신께서 좋은 생각이라도 갖고 있는 겁니까?"
"징병을 하는 데에도 시간이 필요합니다. 그리고 징집한 병력을 훈련시키려면 겨울은 금방 넘어갈 것이고요. 그런데 문제는 태후 폐하입니다. 아니, 태후 폐하도 그렇지만 황상과 동태후 폐하 등을 지금의 객사에 계속 모시는 것은 신하로서의 예의가 아닌 듯합니다."
생각지도 않은 발언이었다.
공헌이가 놀라 반문했다.
"그러면 다시 다른 곳으로 이어(移御)라도 하자는 말씀이오?"
"그렇습니다. 무창으로 오게 된 것은 조선군의 공세가 너무 급박해서입니다. 그런데 지금은 조선군도 황하까지 철수한 마당입니다. 지금의 추세로 봤을 때 쉽게 북경으로 환도하기 어려울 것 같습니다. 그렇다면 황실이 보다 편히 쉴 곳을 찾아 드리는 것이 좋지 않겠습니까?"
사람들의 생각이 많아졌다.
그러다 공헌이가 다시 나섰다.
"만일 이어를 한다면 어디가 좋겠습니까?"

장지동이 대답했다.

"지금으로선 남경이 가장 좋을 듯합니다."

공헌이가 탄성을 터트렸다.

"아! 명나라 황성이 남아 있는 남경이요?"

"그렇습니다. 비록 낡기는 해도 남경에는 명나라 황성이 아직도 온전히 남아 있습니다. 이곳보다도 따듯한 지역이고요. 더구나 물산이 풍부해서 황실이 한동안 지내시기에는 불편함이 없을 것입니다. 그뿐만이 아니라 전쟁이 끝나서 북경으로 돌아갈 때도 대운하를 이용하기도 쉽지요."

남양대신 심보정도 동조했다.

"저도 남경이라면 찬성입니다. 군기대신께서 말씀하신 대로 남경은 이곳보다 황실이 지내시는 데 여러모로 편리합니다. 더구나 우리 남양군의 본영이 있어서 황실을 보호하는 데에도 큰 도움이 되기도 하고요."

그 말에 이홍장이 인상을 썼다.

지금까지 황실을 보호해 온 병력은 자신이 지휘하는 북양군이었다. 그런데 남양군의 본영이 있는 남경으로 황실이 이어하면 자신의 권위가 흔들릴 수도 있었다.

이홍장이 문제를 지적했다.

"여기서 남경까지 천여 리가 넘습니다. 그 거리를 서태후께서 다시 가려 하겠습니까?"

심보정이 고개를 저었다.

"그 점은 조금도 걱정하지 않아도 됩니다. 이동은 장강을 이용하면 아무 문제도 없습니다."

이홍장의 눈이 커졌다.

"배로 이동을 하자고요?"

"그렇습니다. 남양 수사에는 비록 목선이지만 천여 톤급의 배가 여러 척 있습니다. 그 배를 전부 동원한다면 남경까지 손쉽게 도착할 수 있습니다."

실내의 분위기가 급격히 변했다.

공헌이가 적극 동조했다.

"그렇게 하십시다. 징병을 한다 해도 이곳보다는 인구가 많은 남경에서 하는 것이 좋습니다. 그리고 이번 전쟁은 적어도 해를 넘겨야 끝이 날 것입니다. 그 기간 동안 황실을 무한에다 머무르게 하는 것은 불충입니다."

대학사가 적극 나서자 대신들의 분위기도 급격하게 변했다. 이때부터 청국 대신들은 황실 이어에 대해 논의하기 위해 머리를 맞대기 시작했다.

그리고 다음 날.

대신들이 다시 서태후를 찾았다. 그러고는 공헌이가 대표로 남경 이어에 대한 의견을 냈다.

"……그래서 저희들로서는 황실이 남경으로 이어하는 것이 좋다고 생각했습니다."

서태후가 바로 답하지 않았다.

남경이 좋다는 것을 모르지 않았다. 그러나 북경에서 무한까지 한 달 넘게 마차를 타며 고생한, 진절머리 나는 경험이 그녀를 주저하게 했다.

심보정이 나섰다.

"여정은 크게 어렵지 않으실 겁니다."

서태후가 이마를 찌푸렸다.

"지금 무슨 말씀을 하시는 겁니까? 천 리가 넘는 길을 마차로 가야 하는데 어렵지가 않다니요."

"아니옵니다. 무한에서 남경까지는 장강을 이용할 것입니다. 그래서 시간도 며칠 걸리지 않을뿐더러 그렇게 큰 고생을 하지 않으셔도 됩니다."

그 말에 서태후가 반색했다.

"오오! 배로 이동을 한다고요?"

"그렇습니다."

심보정이 해운의 장점을 설명했다.

서태후는 설명을 들으며 몇 번이고 고개를 끄덕였다. 그녀도 북경으로의 환도가 쉽지 않다는 점을 너무도 잘 알고 있었다.

서태후가 즉석에서 승인했다.

"좋습니다. 그렇게 합시다."

서태후의 승인이 떨어지자 청국 조정은 급히 움직였다. 그러는 동안 심보정은 남경으로 내려가 남양 수사의 함대를 이끌고 돌아왔다.

그리고 며칠 후.

"출발하라!"

심보정이 호기롭게 소리쳤다.

청국 황실을 태운 남양 수사의 함대가 장강을 따라 항해를 시작했다. 심보정의 장담대로 청국 황실은 며칠 만에 남경에 도착할 수 있었다.

그렇게 배에서 내린 서태후는 눈앞에 펼쳐진 광경에 저도 모르게 입을 벌렸다.

청국 황실을 위해 수만 명의 남양 병력이 도열해서 대기하고 있었기 때문이다.

그렇게 청국 황실은 남양군의 대대적인 환영을 받으며 명나라 황성에 입궁했다.

한편, 대진은 한 달여간 유리창을 샅샅이 뒤졌다. 그러나 아쉽게도 조선과 관련된 사료는 별로 나오지 않았다.

정확히는 상당히 나왔으나, 거의 전부가 조선 시대의 것들이었다.

그렇다고 쉽게 낙담하지 않았다. 대진은 유리창 골동품 상점 주인들은 모두 불러 모았다.

"여러분을 오늘 모신 까닭은 그간의 노고를 치하하기 위해서입니다."

상인 대표가 앞으로 나왔다.

그가 두 손을 모아 쥐었다.

"송구합니다. 특보님께서 찾고자 하는 자료가 많았으면 좋았을 터인데, 안타깝게도 그런 자료가 별로 없었습니다."

대진이 고개를 저었다.

"아닙니다. 일부러 그런 것이 아닌데 누구를 탓하겠습니까? 그 대신 여러분께서 해 주실 일이 하나 있습니다."

"무엇인지 말씀만 하시면 성심을 다하겠습니다."

"우리가 조선 역사에 관한 유물과 사서를 수집한다는 소문을 사방에 내주셨으면 합니다. 그리고 해당되는 유물과 사서는 오래된 것일수록 비싸게 매입한다고요."

상인 대표의 눈이 빛났다.

"대륙 전체에서 조선 역사 관련 유물을 수집하시려는 거로군요."

대진이 당근을 제시했다.

"그렇습니다. 그리고 그런 유물을 그대들이 우리 대신 모아 주시기 바랍니다. 그러면 거기에 따른 합당한 대가를 지급하지요."

그냥 시킨다고 해도 재산을 지키려면 해 주어야 할 일이었다. 그럼에도 대가를 지급해 주겠다고 하니 상인들은 화색이 만면해졌다.

"알겠습니다. 대륙은 물론 멀리 북방까지 할 수 있는 최대한 소문을 내 보겠습니다."

"잘 부탁합니다."

이때, 전령이 급히 달려왔다.

"충성! 특보님, 총사령관님께서 찾으십니다."

"응! 무슨 일이 있는 건가?"

"청국 황실에 관한 사항이라고만 알고 있습니다."

"알았다."

대진이 상인들에게 당부했다.

"이 일은 우리 조선이 세세연년토록 진행할 과업입니다. 그러니 여러분께서는 이번 전쟁과는 무관하게 일을 추진해도 됩니다."

그동안 대진은 최대한 상인들의 피해가 가지 않도록 일을 처리해 왔다. 더구나 조선군이 경비를 서 준 덕분에 환란 중에서도 재산을 지킬 수 있었다.

상인 대표가 두 손을 모으며 다짐했다.

"걱정 마십시오. 상인으로서 약속을 드리건대, 언제라도 좋은 품목이 나오면 바로 연락을 드리도록 하겠습니다."

"고맙습니다."

인사를 마친 대진이 말을 타고 병부로 갔다. 병부에는 이미 몇 명의 지휘관들이 대기하고 있었다.

"충성! 부름을 받고 왔습니다."

손인석이 자리를 권했다.

"어서 와. 이리로 앉아라."

"감사합니다."

대진이 자리에 앉자 총참모장이 청국 황실의 남경 이전에 대한 말을 했다. 생각지도 않은 상황이었기에 대진은 어리둥절했다.

"의외의 상황이 발생했네요. 청국 황실이 무엇 때문에 남경으로 이어를 했을까요?"

손인석이 대답했다.

"우리도 상황이 이상해서 자네를 부른 거야."

대진이 곰곰이 생각했다.

"장강까지 밀린 청국입니다. 그런 청국이 징병하지 않고 이어를 했다는 것은 아주 의외의 상황이라고 할 수 있습니다. 그 점을 참고해서 현 상황을 살펴보면 몇 가지 상황을 유추해 볼 수 있습니다. 우선은 서태후를 비롯한 청국 황실의 무한에서의 생활이 여의치 않았나 봅니다."

이장렴이 이의를 제기했다.

"나라가 누란지위에 처해 있는 형국이네. 그런 청국이 황실이 편하자고 이어를 했다는 것은 이해가 되지 않아."

“보통의 나라라면 그렇습니다. 그런데 청국은 지금 보통의 나라가 아니란 점에 유의할 필요가 있습니다.”

이장렴이 고개를 갸웃했다.

“보통의 나라가 아니라니? 그게 무슨 말씀인가?”

“청국은 지금 황제가 통치하는 나라가 아닙니다.”

이장렴이 탄성을 터트렸다.

“아! 서태후가 통치하고 있어서 그런 일이 발생했단 말인가?”

“그렇습니다. 정상적인 군주라면 당연히 절치부심하며 와신상담(臥薪嘗膽)했을 것입니다. 그러나 서태후는 여인이기 때문에 나라의 안위보다는 자신의 편안함을 더 추구했을 가능성이 높습니다.”

모든 사람이 고개를 끄덕였다.

손인석도 동조했다.

“충분히 일리가 있는 분석이다. 서태후의 청나라라면 지금 같은 의외의 상황이 당연하게 느껴질 수가 있지. 그리고 다른 분석은 또 뭔가?”

“청국 조정은 이번 전쟁이 쉽게 끝나지 않을 거란 판단을 하고 있는 것 같습니다. 그래서 길게 보고서 남경으로 이어를 한 것 같습니다. 모두 아시겠지만 남경에는 명나라의 황성이 있지 않습니까?”

곳곳에서 탄성이 터졌다.

고전에 밝은 양헌수도 동조했다.

“옳은 지적입니다. 청나라는 강남 주민의 민심을 안정시키기 위해 꾸준히 명나라 황성을 관리해 온 것으로 압니다. 그런 남경으로 이어를 했다는 것은 청나라가 이번 전쟁이 쉽지 않다고 느끼고 있다는 것을 뜻합니다.”

이장렴이 적극 제안했다.

“그러면 우리도 전쟁이 장기간으로 흐를 가능성에 대비해야 하지 않겠습니까?”

양헌수가 고개를 끄덕였다.

“아무래도 그에 대한 향후 대책을 논의해야 할 것 같습니다.”

총참모장이 나섰다.

“크게 걱정하지 않으셔도 됩니다. 우리 참모부에서는 장기 주둔에 대한 대책도 미리 수립해 두고 있습니다.”

“아! 그렇다면 다행이오.”

손인석이 대진을 바라봤다.

“이런 상황이라면 청국이 서양 제국에 중재를 요구할 가능성이 높겠지?”

대진이 고개를 끄덕였다.

3장

“그렇습니다. 북양대신 이홍장과 좌종당은 평생을 군문에 몸을 담아 온 사람들입니다. 그런 두 사람이라면 징집 병력만으로 우리를 밀어붙이기가 어렵다는 사실을 알고 있을 것입니다.”

양헌수가 궁금해했다.

“이 특보는 청나라가 종전의 중재를 서양 국가에 부탁할 거라고 생각하시나?”

대진이 대답했다.

“분명 그럴 겁니다. 청나라의 정규군은 거의 와해된 것이나 다름없습니다. 그런 청나라가 징병을 아무리 많이 한다고 해서 무슨 소용이 있겠습니까? 그리고 청나라의 군권을 장악하고 있는 이홍장과 좌종당은 우리의 군사력과 화력을 누구보다 잘 알고 있습니다. 그래서 더더욱 우리와의 전투에 대한 어려움을 잘 알고 있을 것이고요."

양헌수가 이의를 제기했다.

"하지만 서태후가 그걸 용납하겠나?"

대진의 설명이 이어졌다.

"서태후이기 때문에 종전을 더 바랄 수도 있습니다."

"그게 무슨 말인가?"

대진이 설명했다.

"서태후는 궁 안에만 있는 여인입니다. 그녀가 아무리 청국의 권력을 쥐고 있다고 해도 보는 시야에는 한계가 있을 수밖에 없습니다. 그래서 우리들처럼 군사력에 의한 과감한 행동을 취하기가 쉽지 않습니다. 더 큰 문제는 태후로 생활한 지 10년을 훌쩍 넘기면서 편안함에 젖어 있다는 점입니다. 그리고 청나라가 우리에게 땅을 빼앗기고 배상해 준다고 해도 그녀는 태후로서 온갖 향락을 다 누릴 수가 있습니다."

"나라가 망가져도 개인의 부귀영달에는 문제가 없다?"

"예, 그렇습니다."

양헌수가 고개를 끄덕였다.

"말씀을 듣고 보니 충분히 일리가 있구려."

"과거의 청국에 있어 만주를 포함한 북방은 목숨을 걸고 지켜야 할 땅이었습니다. 그러나 국력이 약해진 지금의 청국에 있어 북방은 그저 정신적인 고향에 지나지 않는다는 점도 있습니다."

총참모장이 동조했다.

"맞는 말입니다. 청국이 북방을 소중히 생각했다면 러시아에 그렇게 쉽게 연해주와 북만주를 넘겨주지 않았을 겁니다."

이 말에 모두가 고개를 끄덕였다.

이장렴이 핵심을 짚었다.

"청국에 필요한 땅은 북방이 아니라 우리가 장악하고 있는 이곳 북경을 포함한 직례 일대라는 말이군요."

대진이 동의했다.

"그렇습니다. 청국은 우리가 한족에 대해 두 가지 정책을 쓰고 있다는 점을 알고 있을 겁니다. 그러기 때문에 협상의 여지가 있다는 점도 눈치채고 있을 것이고요."

이장렴이 크게 고개를 끄덕였다.

"충분히 가능성이 있는 말이군요."

"예, 그래서 청국 황실의 남경 이어가 우리에게는 더없이 좋은 일로 보입니다."

총참모장이 질문했다.

"좋은 일이라면, 청국이 종전 협상을 추진할 거라고 예상하나 보구나?"

"저는 그렇게 생각합니다."

총참모장이 한 번 더 확인했다.

"남경 이어만으로 그런 생각을 하는 건 무리가 아닐까?"

대진이 딱 잘랐다.

"아닙니다. 이번 전쟁에서 시간은 우리의 편입니다. 우리가 황하 이북에 오래 머무를수록 청국에는 그만큼 부담이 됩니다. 이대로 시간을 보내다 보면 황하가 국경선이 될 가능성이 높아질 수밖에 없지 않겠습니까."

총참모장도 동의했다.

"그럴 가능성이 높겠지."

손인석이 거들었다.

"그리되면 청국으로선 최악의 결과가 돼."

"예, 맞습니다. 청국이 황하 이북을 내주게 되면 대륙의 둘로 나뉘는 거나 다름없어집니다. 그리고 우리가 황하 이북을 얻은 이상 언제 황하를 넘을지 모르는 상황이 되고요. 그런 일을 막기 위해서라도 청국은 북방을 내주더라도 종전할 수밖에 없을 것입니다."

"종전 협상은 시간문제라는 말이구나."

"저는 그렇게 생각합니다. 그러나 청국도 쉽게 종전을 제의하기 어려울 겁니다. 그러니 우리는 그동안 요동과 요서 지역의 한족 소개 정책을 더 확실하게 추진해야 합니다. 아울러 본토 주민들의 대륙 이주도 계획대로 전면적으로 실시해야 하고요."

"종전 협상과는 관계없이 북방 장악을 먼저 추진하자는 거

로구나."

"그렇습니다. 주민들을 되도록 빨리 이주시켜야 내년 농사를 지을 수 있습니다. 지금의 요동 요서에는 빈집이 널려 있기 때문에 본토 주민들의 이주도 그만큼 쉬울 것입니다."

손인석이 크게 고개를 끄덕였다.

"역시 이 특보야. 우리는 청국이 다른 흉계를 꾸미고 있는 것은 아닌지 걱정했었지. 그런데 이 특보가 그런 우리의 우려를 싹 걷어 내 주었어."

이장렴도 거들었다.

"맞습니다. 이 특보의 설명을 들으니 흐렸던 날씨가 쾌청해진 것 같습니다."

대진이 고개를 숙였다.

"감사한 말씀입니다."

손인석이 모두를 둘러봤다.

"아무래도 내년까지는 우리가 대륙에 머물러야 할 것 같습니다. 그러니 거기에 맞춰 병력을 운용해야겠습니다."

이장렴도 동조했다.

"옳은 말씀입니다. 곧 겨울이 닥치니 주둔지 정비부터 철저하게 해야겠습니다."

손인석이 총참모장을 바라봤다.

"참모부에서 보급을 비롯한 제반 문제를 철저하게 챙기도록 하게."

참모장이 힘차게 대답했다.

"예, 알겠습니다."

남경으로 이어한 청국은 빠르게 안정을 찾을 수 있었다. 청국 강남은 온갖 물산이 풍부한 지역이어서 더 그러했다.

몇 달 동안 고생했던 서태후도 이전처럼 편안한 시간을 보낼 수 있었다. 그 덕분에 청국의 대신들도 모처럼 한가한 여유를 가질 수 있었다.

그렇게 한 달여가 지난 즈음.

서태후가 대신들을 불러 모았다.

"오늘 여러분을 모신 것은 이제 본격적인 징병을 해야 할 때가 되었다고 생각되기 때문입니다."

이홍장이 나섰다.

"그렇지 않아도 징병을 위한 준비를 차곡차곡 하고 있었습니다."

서태후가 흡족한 표정을 지었다.

"그렇다니 다행이군요. 그러면 바로 시작할 수 있겠군요."

"그렇습니다, 폐하."

서태후가 공헌이를 바라봤다.

"내각에서도 징병에 차질이 없도록 전폭적으로 도와야 할 것입니다."

공헌이가 공손히 두 손을 모았다.

"조금도 성려하지 마십시오. 일이 시작되면 내각의 모든 역량을 거기에 집중할 계획입니다."

"고마운 일이군요."

서태후가 이홍장을 바라봤다.

"징병은 얼마나 걸리겠습니까?"

"무리하지 않고 징병을 하려면 반년은 잡아야 합니다."

서태후가 이마를 찌푸렸다.

"그렇게 시간이 많이 걸립니까?"

"한 달의 10만의 병력을 징병하는 일은 결코 쉬운 일이 아닙니다. 더구나 징병을 하는 순간부터 나라에서 모든 것을 책임져야 하는 문제가 따릅니다."

심보정이 동조하고 나섰다.

"이번 징병은 직례에서와 달리 철저하게 실시해야 합니다. 그래야 사기도 보전을 하면서 제대로 된 군장도 지급할 수 있습니다."

서태후가 안타까워했다.

"으음! 더 빨리할 방법은 없습니까?"

이홍장이 대답했다.

"할 수는 있지만 병력 자원이 부실해집니다. 더 큰 문제는 화기 지급을 제대로 하지 못해 훈련을 제대로 실시하지 못하게 됩니다."

이홍장이 두 손을 모았다.

"태후 폐하, 이번에 징병하는 병력은 조선과의 전투도 전투지만 장차 황실을 보위할 병력이기도 합니다. 그런 병력을 어찌 급하게 징병할 수 있겠습니까? 하오니 조금은 답답하시더라도 여유를 갖고 기다려 주십시오."

"후! 어쩔 수 없지요. 허면 50만을 징병할 겁니까?"

"예, 1차로는 그 정도가 적당합니다. 그리고 필요하면 그때 가서 추가 징병이 쉽도록 그에 대한 계획도 세우겠습니다."

"좋습니다. 그렇게 하세요."

청국 대신들은 이때부터 징병 시기와 방법에 대해 논의를 시작했다. 사전 계획을 세워 둔 덕분에 논의는 별다른 문제 없이 정리가 되었다.

협의를 마치고 나오던 이홍장은 몇 명의 대신들과 따로 자리를 만들었다. 그곳에는 이홍장의 측근 장수들이 대기하고 있었다.

이홍장이 두 손을 모았다.

"오늘 여러분을 따로 모신 것은 징병 이후의 일을 논의하기 위해서입니다."

공헌이가 고개를 갸웃했다.

"징병 이후의 일이라니요? 징병은 조선군을 대륙에서 몰아내기 위해서 추진하는 일입니다. 그런데 그것 말고 다른 일이 또 있단 말씀입니까?"

이홍장이 한숨을 내쉬었다.

"후! 솔직히 말씀드리자면 답답합니다. 지난번에도 논의했지만 50만을 징병한다고 해서 승리한다는 보장이 없습니다. 그렇다고 100만 명을 징병할 수는 없는 일이고요."

호부상서가 고개를 저었다.

"지금의 재정으로 100만 명을 징병하는 일은 무리입니다. 자칫 잘못했다가는 징병 때문에 나라 전체가 흔들릴 수도 있습니다."

"그래서 걱정이라는 겁니다. 그런데 첩자들이 입수한 정보에 따르면 만주와 요동 요서에 조선군 20여만이 진출해 있다고 합니다."

대신들 모두 숨을 멈출 듯 놀랐다.

15만의 조선군도 감당하기 어려운 상황이다. 그런데 거기에 다시 20만의 조선군이라니, 쉽게 상상이 되지 않았다.

실내가 한동안 침묵에 휩싸였다.

공헌이가 나섰다.

"북양대신께서는 다른 혜안이라도 갖고 계시는 겁니까?"

이홍장이 대답했다.

"군을 책임지는 북양대신으로서 이런 말씀을 드리는 것이 참으로 수치스럽습니다. 허나 나라의 위기를 타개하기 위해서는 어쩔 수 없이 말씀을 드려야겠습니다."

"말씀해 보세요."

이홍장이 한숨을 먼저 쉬었다. 그러고는 차분하게 자신이 생각하고 있는 바를 입에 올렸다.

"소장은 이제는 조선과의 종전 협상도 생각해 봐야 할 때가 되었다고 봅니다."

처음으로 종전이 공식적으로 거론되었다.

대신들은 모두 깜짝 놀랐다.

그럼에도 대놓고 격렬하게 반발하는 사람은 하나도 없었다. 말은 하지 않았지만 대부분은 마음속으로는 종전 협상을 염두에 두고 있었기 때문이다.

더구나 조선군이 20만이나 더 진출해 있다는 정보가 결정적이었다. 그 말을 듣는 순간 대신들 누구도 안 된다는 말을 못 했다.

군기대신 장지동이 고개를 저었다.

"북양대신 각하의 말씀은 충분히 공감합니다. 허나 결코 쉬운 일이 아닙니다. 가장 중요한 것은 태후 폐하를 설득하는 일입니다. 그런데 누가 나서서 그런 말을 태후께 개진하겠습니까?"

장지동이 대신들을 둘러봤다. 그 시선을 받은 대신들은 하나같이 고개를 돌리며 외면했다.

이홍장이 씁쓸해했다.

"그렇습니다. 나조차도 태후께 종전을 건의 드리기가 어렵습니다. 그리고 설령 태후께서 승인해 주신다 해도 문제는 또 있습니다."

심보정이 나섰다.

"무슨 문제가 또 있다는 말씀입니까?"

"누가 조선과의 협상에 나서겠습니까?"

"그거야……."

공부상서 장상하가 나서려다 입을 다물었다. 조선과의 협상이 결코 쉽지 않다는 것을 바로 깨달았기 때문이다.

이홍장이 말을 이었다.

"예, 여러분이 생각하시는 대로입니다. 조선과의 협상은 결코 쉽지 않습니다. 부끄러운 일이지만 현격하게 밀려 버린 지금의 우리가 종전 협상을 먼저 제안하는 것 자체가 치욕이나 다름없는 일입니다. 더구나 조선이 어떻게 나올지도 모르는 상황이고요."

오장경이 다시 나섰다.

"북양대신 각하의 말씀이 맞습니다. 솔직히 종전 협상을 하고 싶어도 뒷일을 감당하기 어려울 것 같아서 나서기 어려운 것이 현실입니다."

곳곳에서 한숨이 터졌다.

남양대신 심보정이 나섰다.

"그렇다고 해서 무한정 시간만 끌 수는 없지 않겠습니까?"

이홍장도 인정했다.

"말씀은 맞습니다. 그러나 지금의 상황에서 누가 나서서태후 폐하를 설득하겠습니까? 그리고 누가 조선과 종전 협상을 할 수가 있겠고요.”

공헌이가 한숨을 내쉬었다.

“후! 저는 조선군이 장강을 넘지 않은 것에 안도했습니다. 그리고 장강까지 후퇴하는 것을 보고 또 안도했고요. 그런데 이제 와서 보니 그 모든 것이 부담이고 족쇄가 된 것 같습니다.”

예부상서 만청려가 동조했다.

“대학사의 말씀대로입니다. 차라리 무한에 있을 때 무슨 수를 냈어야 했습니다.”

이홍장이 자책했다.

“모두가 제 책임입니다. 우리 북양군이 조선군을 직례에서 막았더라면 오늘과 같은 문제는 일어나지 않았을 것입니다.”

심보정이 위로했다.

“북양대신께서는 그런 말씀 마십시오. 북양군은 우리 청국의 최정예입니다. 그런 북양군도 막지 못한 조선군을 어느 병력이 상대할 수 있겠습니까? 솔직히 저희 남양군은 제대로 맞싸우기도 어려울 것입니다.”

이홍장이 두 손을 모았다.

“감사한 말씀입니다.”

그리고 모두를 둘러봤다.

“태후 폐하께 진언을 드리는 일은 너무도 어렵습니다. 그런 일을 다른 분들에게 맡기는 것은 북양대신인 제가 보기에 아니라는 생각이 듭니다. 그래서 드리는 말씀인데, 대학사가 저와 함께 총대를 메는 것에 대해 어떻게 생각하십니까?"

갑작스러운 제안이었기에 공헌이가 움찔했다.

"저와 함께 태후께 진언을 드리자고요?"

"그렇습니다. 여러분이 함께 찾아뵈면 그 자체가 압박으로 비칠 수가 있습니다. 그러니 내각의 대표이신 대학사께서 저와 함께하면 모양도 좋고 태후께서도 부담을 덜 가지시지 않겠습니까?"

공헌이가 침음했다.

"으음!"

잠시 고심하던 그는 결심했다.

"좋습니다. 그렇게 합시다. 그러나 지금 당장 그렇게 할 필요는 없다고 생각됩니다."

이홍장도 동조했다.

"저도 그렇게 생각합니다. 그래서 우선은 징병을 해 나가십시다. 그러다 적당한 때를 봐서 건의 드리도록 하십시다."

"좋습니다. 그러면 다음은 어떻게 합니까? 태후께서 승낙해 주신다면 누군가 협상을 해야 하는데, 그건 누가 하지요?"

이홍장이 대답했다.

"아무래도 우리가 먼저 나서는 것은 좋지 않을 것 같습니다. 그렇게 되면 조선이 너무 많은 요구 조건을 내세울 것이 뻔합니다. 그래서 서양 제국에 중재를 요청하는 것이 좋을 듯합니다.”

그때 장지동이 문제를 제기했다.

“서양 제국이 중재해 주면 거기에 따른 보상을 해 주어야 하지 않겠습니까?”

“어느 정도는 감안해야겠지요. 그러나 조선과 직접 맞상대를 하는 것보다는 훨씬 유리할 것이 분명합니다.”

이홍장이 이렇게 나오자 모두들 동조했다. 대신들 모두는 15만에 20만까지 불어난 조선군의 규모에 심정적으로 주눅 들어 있었다.

예부상서 만청려가 나섰다.

“그러면 어느 나라가 좋겠습니까?”

오장경이 나섰다.

“조선이 가장 먼저 수교한 나라가 영국입니다. 그리고 제가 들었던 정보에 의하면 일본에서도 조선과 영국 간에 긴밀한 교류가 있었다고 합니다.”

심보정이 확인했다.

“오 제독은 영국이 좋다고 생각하는 겁니까?”

“꼭 영국을 고집하는 것은 아닙니다. 프랑스도 영국에 못지않은 국력을 가진 나라이니까요. 그러나 다른 나라는 솔직히 중재를 권하고 싶지가 않습니다.”

이홍장이 정리했다.

“각국 간의 외교관계는 하루가 다르게 변합니다. 그러니 그 문제도 그때 가서 결정하도록 합시다."

공헌이가 적극 찬성했다.

"옳은 말씀입니다. 아직 태후 폐하의 제가도 득하지 않은 일을 갖고 미리 왈가왈부하는 것은 옳지 않습니다. 그 일은 나중에 결정해도 늦지가 않습니다."

청국 조정을 대표하는 두 사람의 결정이었다. 이 결정에 어느 누구도 이의를 제기하지 않았다.

청국과 조선은 1880년의 남은 얼마간을 각자 바쁘게 보냈다.

청국은 본격적인 징병을 시작했다.

매달 10만이 넘는 병력을 징병하고 훈련시키는 일은 어렵다. 더구나 남경에서의 징병이었기에 청국 조정은 이 일에 전력을 기울여야 했다.

조선은 북방 이주가 시작되었다.

조선 정부는 미리부터 주민들의 북방 이주를 준비해 왔다. 그래서 한족 소개가 어느 정도 이뤄지자 곧바로 이주 작업을 진행했다.

이주 주민에게는 1년분의 식량과 1만 평의 토지가 무상으로 지급되었다. 거리가 먼 요서 지역으로의 이주에는 2만 평의 토지가 지급되었다.

군에서 전역하는 장병들에게는 1만 평의 토지가 추가로 지급되었다. 그 바람에 전역장병과 그 가족들이 대거 이주를 지원했다.

조선에는 소작농이 많았다. 이런 소작농과 노비에서 해방된 주민들이 대거 이주 대열에 동참했다.

먼저 이주하는 주민에게는 혜택도 주어졌다. 한족이 비워 놓은 집에 우선 입주할 수 있는 특전이 그것이었다. 덕분에 이주 작업은 처음부터 엄청난 열기로 진행되었다.

대진도 바쁜 나날을 보냈다.

유리창 골동품 상인들의 도움 덕분에 조선에 관련된 자료가 수시로 발견되었다. 이렇게 발견된 자료 중 일부는 본토에도 없는 희귀 진본이었다.

본토를 두 번이나 다녀왔다. 그동안의 전쟁 상황이나 결과를 국왕에게 보고하기 위해서였다.

이런 일을 추진하면서도 대진은 늘 프랑스공사관의 움직임에 촉각을 곤두세우고 있었다.

그러던 2월 초.

천진으로 프랑스 함정이 입항을 했다.

함정은 코친차이나 해군사단 소속으로 세바스티앙 레스퍼제독이 타고 있었다.

코친차이나 해군사단은 코친차이나와 캄보디아의 해양 항해 등을 감시하는 임무를 맡고 있었다.

프레데릭 부레(Frédéric Bourée) 프랑스공사가 웃으며 손을 내밀었다.

"어서 오십시오, 레스퍼 제독님."

"반갑습니다, 공사님."

두 사람이 반갑게 악수를 나눴다.

"제독님께서 직접 올라오실 줄은 몰랐습니다."

"다른 일도 아닌 조선을 공략하는 일입니다. 그러려면 대규모 병력을 움직여야 하지 않겠습니까? 당연히 당사자인 제가 직접 상황을 확인하러 와야지요."

"그렇기는 합니다. 그런데 본국에서 아직 승인이 난 것은 아니지 않습니까?"

레스퍼 제독이 싱긋이 웃었다. 그러고는 가져온 봉투를 부레 공사에게 내밀었다.

"이번에 본국에서 온 전함이 가져온 쥘 페리 총리 각하의 친서입니다."

"오! 그래요?"

부레가 자리에서 일어나 자신의 업무용 책상으로 가서 칼을 꺼냈다. 그러고는 조심스럽게 봉투를 개봉해서 내용을 읽었다.

부레가 탄성을 터트렸다.

"오오! 다행히 내각에서 조선 공략에 대한 승인이 났군요."

"그렇습니다. 우리 해군사단에도 그에 관한 전문 통보가 날아왔습니다. 그래서 제가 총리 각하의 편지를 직접 갖고 공사님을 방문한 것입니다."

"잘 오셨습니다. 그러면 앞으로 어떻게 진행되는 겁니까?"

"본국에서 극동함대가 될 전단이 2월 말이면 출발한다고 합니다. 그 선단이 오면 기존의 해군사단 함정과 합해서 총 12척의 대규모 함대를 편성할 것입니다. 그리고 우리 해군사단의 병력이 함께 참전해서 조선을 공략하기로 했습니다."

"해군사단 병력 전부가 참전하실 겁니까?"

레스퍼 제독이 고개를 저었다.

"사단 전부는 아니고 프랑수아 드 네그리에 소장이 지휘하는 1여단이 참전을 할 것입니다."

"아! 여단이요."

"예, 그렇습니다. 그런데 조선군이 전부 청국에 넘어와 있는 것은 분명합니까?"

부레 공사가 설명했다.

"저는 그동안 다양한 경로로 첩자를 풀어서 정보를 입수해오고 있습니다. 그렇게 해서 파악한 바로는 청국을 넘어온 조선군이 전부 35만이나 됩니다. 조선처럼 작은 나라에서 이 정도의 병력이면 거의 전부라 해도 과언이 아닐 것입니다."

"조선의 인구가 얼마나 되지요?"

"자세한 사항은 모르지만 1,200~1,300만 정도로 알고 있습니다."

"생각보다는 인구가 많군요."

"동양 국가는 어느 나라든지 인구가 적지 않습니다."

레스퍼 제독이 동의했다.

"그 말은 맞습니다. 베트남만 해도 인구가 천만이 넘으니 조선도 그 정도는 될 것입니다."

"예, 그리고."

부레 공사가 지도를 펼쳤다. 지도에는 한양 일대를 비교적 상세히 표시되어 있었다.

"이 지도는 조선의 수도인 한양 일대를 나타낸 것입니다. 조선과 수교한 서양 외교관들의 정보에 따르면 수도인 한양에는 병력이 그렇게 많이 주둔해 있지 않다고 합니다. 그래서 관문인 제물포나 강화도를 장악한 뒤 한강을 따라 공격해 들어가면 의외로 쉽게 점령을 할 수 있을 것입니다."

이러면서 한강을 쭉 손으로 짚어 나갔다. 그의 손길을 따라 지도를 보던 레스퍼 제독이 질문했다.

"한강이 넓습니까?"

"상당히 넓습니다. 만조 시에는 2,000~3,000톤급 선박도 입출항이 가능한 것으로 압니다."

"그러면 한강 하구를 장악한 뒤 병력을 하선시켜서 육상으로 접근하는 것이 좋겠군요."

"충분히 가능한 전략입니다."

두 사람은 지도를 보면서 한동안 머리를 맞대었다. 주로 레스퍼 제독이 질문했으며 부레 공사는 자신의 조사한 정보를 상세히 설명했다.

레스퍼 제독이 고마워했다.

"……잘 알겠습니다. 공사님의 충실한 조사에 감사드립니다."

"아닙니다. 당연한 일을 했을 뿐입니다."

"조선의 군사력이 상당히 강력하다는 소문이 있던데, 사실입니까?"

부레 공사가 피식 웃었다.

"동양 국가의 군사력이 강해 봐야 얼마나 되겠습니까."

"그래도 일본에도 승리하고 청국과의 전쟁에서도 상당한 전과를 올리고 있지 않습니까?"

"그렇기는 하지요. 그러나 우리 프랑스에 비하면 많이 뒤떨어질 것입니다. 그리고 조선 본토에는 군대가 거의 없는 것이 분명해서 교전은 크게 신경 쓰지 않아도 됩니다."

"그렇군요. 그러면 해군은 어떻습니까?"

"천진을 드나드는 함정이 대개 1,000톤급이었습니다. 그런 함정 대부분이 목제 기범선이었고요."

"아! 철선을 보지 못했습니까?"

부레 공사가 고개를 저었다.

"단 한 번도 본 적이 없습니다."

"그렇군요."

부레 공사가 대고포대 전황을 전했다.

"그런데 함포만큼은 상당히 위력적이었습니다. 우리가 지난 1859년 영국과 연합함대로 공략을 했다가 실패한 대고포대를 포격으로 박살을 냈지요."

레스퍼 제독이 고개를 저었다.

"그 보고는 받았지만 크게 걱정하지 않아도 됩니다. 지난 20여 년 동안 우리의 함포는 장족의 발전을 했습니다. 그래서 지금이라면 우리도 대포포대를 포격으로 박살 낼 수 있을 정도는 됩니다."

부레 공사가 흡족해했다.

"역시 그렇군요. 저도 우리 함대라면 충분히 대고포대를 공략할 줄 알았습니다."

"그런데 조선이 우리에게 지난 1866년에 벌어진 전쟁에 대한 사과와 배상을 요구했다고요?"

부레 공사의 안색이 굳어졌다.

"그렇습니다. 그래서 제가 본국에 상신해서 건방진 조선에 분명하고 확실한 굴복을 받아 내자고 했던 것입니다."

그가 대진과의 면담 내용을 설명했다.

레스퍼 제독이 이를 갈았다.

"으득! 건방진 노란원숭이가 아닙니까? 감히 우리 프랑스에게 그렇게 허무맹랑한 요구를 하다니요."

"맞는 말입니다. 그러니 이번 기회에 하늘 위에 또 다른 하늘이 있다는 것을 보여 주도록 하세요."

"반드시 그렇게 하겠습니다."

"그리고 조선의 수도를 점령해 조선 국왕에게서 항복을 받아 내면 만주 일대를 대가로 받아 낼 수가 있습니다. 그렇게 되면 영국도 해내지 못한 청국 본토를 얻게 되는 대단한 성과를 거두게 됩니다."

부레 공사의 말에 레스퍼 제독의 눈이 커졌다.

"오! 그래요?"

부레 공사가 일어났다. 그는 벽에 부착된 지도로 가서 만주 일대를 손으로 짚었다.

"보시는 바와 같이 만주 지역의 면적이 이렇게 넓습니다. 요동과 요서도 이 정도나 되고요. 이 일대를 우리 프랑스가 장악하게 된다면 지금까지 동양에서 올린 어떤 전과보다 더 대단한 전과를 얻게 되는 것입니다. 아울러 조선과 청국에 막강한 영향력을 행사할 수가 있게 되고요."

레스퍼 제독도 자리에서 일어났다. 그는 부레 공사의 옆으로 다가가 지도를 유심히 살폈다.

레스퍼 제독이 고개를 끄덕였다.

"대단하군요. 그리고 공사님의 생각이 놀랍기 그지없습니다. 저렇게 넓은 면적을 간단하게 전리품으로 얻을 생각을 하시다니요."

부레 공사가 생각을 밝혔다.

"동양 속담에 절치부심(切齒腐心)이라는 말이 있습니다. 몹시

분하여 이를 갈고 마음을 썩인다는 의미이지요. 저는 조선의 왕실 특보라는 자가 나에게 감히 사과와 배상 운운할 때 너무도 어이가 없었습니다. 제가 외교관 생활을 하면서 그때처럼 기가 막히고 치욕스러웠던 적이 없었지요. 그래서 절치부심하면서 이번 일을 기획한 것입니다. 그러니 조선 공략에 성공하고 나면 그자를 반드시 잡아들여 죄를 물었으면 합니다."

레스퍼 제독이 동조했다.

"반드시 그래야지요. 걱정하지 마십시오. 제가 프랑수아 소장에게 특별히 당부해서라도 그자를 반드시 잡아다 드리도록 만들겠습니다."

"감사합니다. 그리고 조선에서 얻어야 할 것이 또 있습니다."

"그게 무엇입니까?"

"몇 년 전부터 조선에서는 새로운 신제품과 의약품이 속속 개발되고 있습니다. 이번 기회에 그런 신제품에 대한 원천기술도 획득해야 합니다. 만일 그렇게만 된다면 새로운 회사를 설립해서 막대한 부를 창출할 수가 있습니다."

레스퍼 제독이 반색했다.

"오오! 그거 아주 좋은 말씀이군요. 알겠습니다. 그 부분도 반드시 챙기도록 하겠습니다."

"예, 꼭 그렇게 해 주세요. 그래서 군사력도 없는 나라가 좋은 기술을 개발하면 그게 얼마나 재앙이 되는지도 반드시 알려 주도록 하세요."

"하하하! 알겠습니다."

두 사람은 서로를 보며 호탕하게 웃었다. 그런 두 사람 중 누구도 패전에 대한 생각은 조금도 하지 않았다.

대진은 몇 개월 전부터 프랑스공사관에 대한 감시망을 펼쳐 놓고 있었다. 그래서 이들의 만남은 전신을 통해 곧바로 대진에게 보고되었다. 대진이 손인석의 집무실을 찾았다.

"총사령관님, 천진에서 프랑스공사관을 감시하던 정보원이 전문을 보내왔습니다."

결재 서류를 검토하던 손인석이 서류를 덮었다.

"무슨 전문이지?"

"프랑스공사관으로 프랑스 해군 제독이 방문을 했다고 합니다. 그것도 5,000톤 가까이 되는 대형 전함을 타고요."

"해군 제독이 프랑스공사를 찾아왔다고?"

"그렇습니다."

"으음! 프랑스 해군 제독이 천진의 프랑스공사를 찾는 것은 매우 이례적인 일이잖아."

"그렇습니다. 제 생각에는 프랑스가 군사도발을 준비하거나 결정을 한 것으로 보입니다."

손인석도 동조했다.

"맞아. 그런 이유가 아니라면 해군 제독이 일부러 천진까지 찾아올 까닭이 없지."

그렇게 말한 손인석은 부관을 불렀다.

"부관, 총참모장을 불러 주게."

잠시 후.

총참모장이 들어왔다.

"부르셨습니까?"

손인석은 천진의 상황을 간략히 설명했다. 설명을 들은 총참모장은 주저 없이 자신의 의견을 말했다,

"프랑스가 군사도발을 준비하고 있나 봅니다."

"총참모장도 그런 생각이 들지?"

"그렇습니다. 지금은 전신으로 충분히 교신할 수 있는 상황입니다. 그럼에도 해군 제독이 천진을 찾았다는 것은 프랑스공사에게 직접 확인하고 싶은 사항이 있어서겠지요. 아니면 직접 전달해야 하는 무언가가 있었든가요."

"맞아. 나도 그렇게 생각했어. 자! 그렇다면 우리도 준비해야겠지?"

"그래야 할 것 같습니다."

손인석이 확인했다.

"아시아에서 프랑스 병력이 주둔해 있는 곳이 어디지?"

대진이 설명했다.

"인도의 퐁디셰리와 코친차이나입니다. 그런데 퐁디셰리는

지난번의 작전으로 병력이 크게 줄어들어 있는 상황입니다. 일본의 요코하마에도 대대 규모의 병력이 주둔해 있고요."

"그렇다면 이번에 코친차이나 병력을 동원할 가능성이 크겠구나."

"지금으로선 그게 가장 유력합니다."

총참모장이 거들었다.

"코친차이나에는 프랑스 해군의 해군사단과 극동전대가 주둔해 있습니다. 프랑스 본국에서 함대와 병력을 보낸다고 해도 이들 코친차이나 병력과 함정을 함께 이용할 가능성이 높습니다."

손인석이 지시했다.

"좋아. 지금부터 코친차이나를 주시하도록 하자. 그리고 천진에 들어와 있는 프랑스 전함도 무인정찰기와 제7기동함대에 연락해서 뒤를 쫓도록 해."

"예, 알겠습니다."

잠함 안무는 프랑스 태평양함대를 전멸시킬 때 신채호와 함께 혁혁한 공적을 세웠다. 그런 안무는 지난해 하반기 거문도의 공창으로 들어가 선체 점검을 받고 있었다.

잠함이 점검을 받으면 승조원들은 그동안 휴가를 비롯한 육상 근무를 하게 된다. 안무의 함장 이철용도 휴가를 다녀와서는 몇 개월 동안 육상 근무를 하고 있었다.

잠수함을 운항하다가 육상 근무를 하면 해상에서보다 시간이 느리게 간다. 이철용도 몇 개월의 육상 근무가 차츰 질려 가고 있었다.

다행히 점검은 이제 막바지에 이르고 있었다. 그 일정에 맞춰 휴가를 나갔던 승조원들도 모두 귀환해 있었다.

이날도 이철용은 안무에 관한 서류를 뒤적이고 있었다. 그런 이철용에게 안무의 부장이 다가왔다.

"충성! 함장님, 본부로부터 명령서가 떨어졌습니다."

이철용이 자리에서 벌떡 일어났다.

"무슨 명령이지?"

부장 박석진이 서류를 건넸다.

"정비를 마치는 대로 코친차이나의 붕타우를 감시하라는 명령입니다."

"오! 드디어 출동이구나. 그런데 붕타우라면, 또 프랑스와 한판 붙는 건가?"

박석진이 고개를 저었다.

"자세한 상황은 추후에 알려 준다고 했습니다."

"알았다. 박 부장은 도크로 가서 우리 잠함의 마무리 상황을 확인해 보도록 해."

"알겠습니다."

그리고 사흘 후.

모든 정비를 마친 안무가 출항했다.
이철용이 무전기로 보고했다.
"잠함 안무, 출항합니다."
"알겠다. 무운을 빈다."
몇 개월의 선체 점검을 마친 안무가 각종 군수물자를 보급받고는 출항했다. 그렇게 거문도를 출발한 안무는 선수를 남으로 해서는 항해를 시작했다.
안무는 부상한 채로 항해를 했다. 주변에 위협이 될 만한 함정이 없는 상황이었기에 구태여 잠행으로 이동할 필요가 없었기 때문이다.
그렇게 얼마를 내려갔을 때였다.
음탐장이 보고했다.
"함장님, 60킬로미터 후방에서 안창호의 음문이 잡힙니다."
"다른 사항은 없나?"
"30여 킬로미터 후방에 미확인 선박도 잡힙니다. 아무래도 안창호가 이 선박을 추적하고 있는 것 같습니다."
"좋아! 잠시 대기했다가 안창호와 교신한다."
잠시 후.
통신장이 소리쳤다.
"함장님, 안창호와 연결되었습니다!"
이철용이 무전기를 들었다.
"안무의 이철용입니다. 안창호입니까?"

—안창호의 유종기다.

"안녕하십니까? 함장님."

—선체 점검을 마쳤는가 보구나.

"그렇습니다. 그런데 어디로 항해를 하시는 겁니까?"

—전방에서 항해하는 함정이 프랑스 선적이다. 그 함정을 천진에서부터 추적해 내려오는 중이야.

"아! 그렇습니까? 저희는 지금 코친차이나의 붕타우로 내려가는 길입니다."

—오! 그래, 그러면 잘되었구나. 우리가 파악한 바로는, 우리가 추적하는 함정은 프랑스의 코친차이나 주둔군인 극동전대 소속이야.

"잘되었군요. 그렇다면 프랑스 함정은 붕타우로 가겠네요."

—아무래도 그럴 것 같아.

"알겠습니다. 그러면 저희가 임무를 바로 인계받겠습니다."

—좋아. 이 시간부로 우리 임무를 잠함 안무로 넘기겠다.

"예, 잠함 안무가 안창호의 임무를 정식으로 인계받았습니다."

—수고하라.

"수고하십시오, 충성!"

안창호의 임무를 인수받은 안무는 그 자리에서 대기했다. 그리고 2시간여가 흐르자 프랑스 함정이 모습을 보였다.

안무는 프랑스 함정이 지나갈 때까지 대기하다가 뒤를 쫓기 시작했다. 그렇게 시작된 감시는 붕타우에 이르기까지 계속되었다.

안무의 붕타우 감시는 한 달 동안 이어졌다. 그러다 안창호와 업무 인수를 하고는 한 달 후에 다시 복귀했다.

그러던 4월 하순.

우기가 막 접어 들어가는 시점이 되었다.

잠수함으로 육상의 항구를 감시하는 일은 지난하다. 아무것도 없는 망망대해에서 무작정 소나와 망원경만 보고 대기할 수는 없는 일이다.

그래서 이철용은 승조원들이 지루함을 달래 주기 위해 족구와 낚시를 허용해 주고 있었다. 이철용은 이날 승조원들과 함께 선상 족구를 하고 있었다.

그때였다.

부장이 해치를 열고 소리쳤다.

"함장님, 소나에 일군의 함대가 포착되었습니다!"

이철용이 즉각 족구를 중단했다. 그러고는 급히 함대로 들어가 음탐 소나로 다가갔다.

"이곳입니다."

음탐장이 화면을 짚었다. 음탐장이 짚은 화면에는 여러 개의 표시점이 밝게 빛나고 있었다.

"규모는 얼마나 되지?"

음탐장이 보고했다.

"모두 8척입니다. 각 함의 규모는 6,000톤급 2척, 4,000~5,000톤급이 2척이고 2,000~3,000톤급이 2척과 1,000톤급 2척입니다."

이철용이 놀랐다.

"상당한 규모로구나. 지난번에 전멸시켰던 태평양함대의 규모와 거의 맞먹을 정도야."

"그렇습니다. 붕타우에 정박해 있는 함대의 규모를 훨씬 초과합니다."

"두 함대가 합쳐지면 상당한 규모가 되겠네. 우선은 대기하고 있다가 프랑스 함대의 실물을 촬영해서 보고하도록 하자."

"예, 알겠습니다."

그로부터 몇 시간 후.

싱가포르 방면에서 8척의 프랑스 함대가 모습을 드러냈다. 이철용은 보유하고 있던 스마트폰을 꺼내 함대를 촬영했다.

마군 지휘부는 만일에 대비해 장병들이 보유했던 스마트폰은 회수했었다. 그러고는 주요 지휘관들에게만 재보급을 해 주었다.

스마트폰에 이어 대외용으로 이 시대의 흑백사진기로 다시 촬영했다.

안무는 프랑스 함대가 붕타우로 모두 들어간 것을 확인하고는 북상했다. 그렇게 밤새 북상한 안무는 대기하고 있던 지리산을 만나 상황을 보고했다.

이어서 촬영한 유리 원판과 스마트폰 영상을 넘기고는 다시 붕타우로 내려왔다.

아메데 쿠르베(Amédée Courbet) 제독은 프랑스가 이번에 새롭게 창설한 극동함대의 사령관이다. 그는 처음으로 입항하는 붕타우의 항구를 보고는 고개를 저었다.

“우리 기함은 아예 정박을 못 하겠구나.”

그의 부관이 대답했다.

“우리 기함 바야르(Bayard)를 정박시킬 만한 항구가 동양에 있겠습니까? 바야르 전함은 무려 5,920톤이나 됩니다.”

“우리 기함의 크기가 상당한 것은 맞아. 그러나 코친차이나는 우리 프랑스의 아시아 거점인데 항구가 너무 빈약하잖아. 저 정도의 규모라면 천 톤급도 제대로 정박하기 어려울 것 같아.”

쿠르베 제독이 고개를 돌렸다. 그러자 코친차이나 해군사단의 극동전대 함정이 해상에 정박해 있는 모습이 들어왔다.

그 주변에는 자신이 이끌고 온 함정들이 곳곳에 정박하고 있었다. 그 모습을 흐뭇하게 바라보던 쿠르베 제독은 이내 아쉬워했다.

“항구가 많이 아쉽네. 이곳을 모항으로 하는 함대도 정박을 못 할 정도니 말이야.”

4장

이후 제독은 연신 불만을 드러냈다.

그의 부관은 마치 죄인이 된 표정으로 어찌할 바를 몰라 했다. 그런 부관을 본 쿠르베 제독은 혀를 차면서 외면했다.

이때, 항구에서 소형 선박이 다가왔다.

기함의 함장이 그것을 보고는 손짓해서는 사다리를 내리도록 했다. 그 사다리를 타고 몇 명의 프랑스 고위 장교들이 갑판으로 올라왔다.

레스퍼 제독이 손을 내밀었다.

"어서 오십시오, 쿠르베 제독님."

세바스티앙 레스퍼 제독과 아메네 쿠르베 제독은 서로 안면이 있었다. 쿠르베 제독이 환하게 웃으며 손을 맞잡았다.

“오랜만이오, 레스퍼 제독.”

“어떻게, 오시는 데는 불편하지 않았습니까?”

쿠르베 제독이 고개를 저었다.

“함대가 수에즈운하를 건너왔기 때문에 별다른 어려움은 없었소이다. 퐁디셰리에서도 총독께서 환대해 주었고요.”

“다행입니다.”

“그런데 수에즈운하를 건널 때 영국 깃발을 보니 기분이 영 좋지 않았어요.”

레스퍼 제독도 동조했다.

“맞습니다. 영국이 훼방만 놓지 않았다면 수에즈운하는 우리 프랑스가 완공을 했을 겁니다. 저도 수에즈운하를 건널 때마다 그런 생각 때문에 항상 기분이 좋지가 않습니다.”

“제독도 그러시군요. 지금 당장은 어렵겠지만 언젠가는 수에즈운하를 되찾아 와야 합니다. 그래서 영국의 콧대를 분명하게 눌러 줘야 해요.”

“그럴 날이 언젠가는 올 것입니다.”

두 사람은 각자 동행한 일행을 소개했다. 인사를 마치자 레스퍼 제독이 손을 들어 권했다.

“내려가시지요. 제독님과 함께 온 함장들을 만나 뵙기 위해 총독님께서 기다리고 계십니다.”

“코친차이나 총독께서 기다리신다고요?”

“그렇습니다. 총독님께서는 제독님이 언제 오실지 몰라 며칠 전부터 늘 만찬을 준비해 오고 있습니다. 그래서 지금 가시면 총독께서 주최하는 만찬에 참석하실 수 있을 것입니다."

자신을 기다리기 위해 며칠 전부터 만찬을 준비해 왔다고 한다. 그런 초대를 받은 쿠르베 제독의 표정이 더없이 환해졌다.

"그렇다면 당연히 참석해야지요."

쿠르베 제독과 10여 명의 지휘관이 사다리를 이용해 작은 배로 옮겨 탔다. 이러는 동안 항구에서 나온 작은 배가 다른 배를 다니며 함장을 태웠다.

이어서 제독과 함장을 태운 배가 강을 따라 들어갔다. 그렇게 2시간여를 이동하니 코친차이나의 수도인 사이공이 나왔다.

이들이 도착하자 대기하고 있던 프랑스 병사들이 달려왔다. 그러고는 더없이 정중한 태도로 총독부까지 안내했다.

샤를 톰슨(Charles Thomson) 코친차이나 총독이 쿠르베 제독을 환대했다. 두 사람은 이미 프랑스에서 안면을 튼 사이였다.

"오! 어서 오시오, 쿠르베 제독."

"오랜만에 뵙습니다, 총독 각하."

"하하하! 잘 오셨습니다."

샤를 톰슨 총독이 쿠르베 제독과 반갑게 인사를 나눴다. 그러고는 직접 원탁으로 안내해서 둘러앉았다.

톰슨 총독이 먼저 입을 열었다.

"언제 올지 몰라 며칠 전부터 마음이 급했소이다."

쿠르베 제독이 고개를 숙였다.

"최대한 빨리 온다고 했는데 죄송하게 되었습니다."

"아니요. 바다에서의 항해가 며칠 늦어지거나 빨라지는 것은 일상사가 아니겠소."

"그렇기는 합니다."

톰슨 총독이 바로 본론으로 들어갔다.

"어떻게, 준비는 잘하고 온 것이오?"

쿠르베 제독이 서류를 내밀었다.

"예, 극동함대를 재편할 8척의 함대와 함께 왔습니다. 이곳 코친차이나 해군사단에서 6척의 함정을 보유하고 있다고요?"

레스퍼 제독이 대답했다.

"예, 4,500톤급 기함을 비롯해 모두 6척의 전함을 보유하고 있습니다."

쿠르베 재독이 흡족해했다.

"총규모 14척의 전함이라면 충분합니다. 그리고 상륙 병력은 여단이 맡는다고요?"

레스퍼 제독이 대답했다.

"그렇습니다. 우리 해군사단의 1여단이 참전하게 될 것입니다."

쿠르베 제독이 장담했다.

"전함 14척과 여단 병력입니다. 이 정도의 규모라면 조선

군 본진이 본토에 있더라도 상대하지 못할 까닭이 없습니다. 더구나 우리 함대의 함정에는 이번에 새롭게 개발한 함포가 장착되어 있습니다."

샤를 톰슨 총독이 흡족해했다.

"제독의 말씀을 들으니 마음이 든든합니다."

"하하하! 감사합니다."

샤를 톰슨 총독이 정색했다.

"제독께서는 이번에 조선으로 출정하게 된 까닭을 아시는지요?"

"그렇습니다."

"알고 계시다니 간략하게 설명하겠소이다. 조선은 지난번 일본과의 전쟁을 벌인 당시부터 우리 프랑스를 모욕했소이다. 감히 우리 프랑스에 대해 사과와 배상을 거론했지요. 더구나 우리 프랑스가 단 한 번도 시행한 적이 없는 노획한 유물의 반환을 요구하기도 했고요."

레스퍼 제독이 동조했다.

"그런 일이 한 번에 끝난 것이 아닙니다. 조선은 이번에 청국과 전쟁을 치르고 있습니다. 그런 와중에 다시 천진의 우리 공사관에 들러 똑같은 요구를 한 것입니다. 그런 일련의 과정이 무엇을 의미하겠습니까?"

"조선이 우리 프랑스를 그만큼 낮잡아 본다는 말이겠지요."

"맞습니다. 그래서 청국 주재 부레 공사께서 조선에 대한 응징을 본국에 요청한 것입니다."

샤를 톰슨 총독이 말을 이었다.

"이번이 절호의 기회요. 조선군 35만이 청국으로 넘어가 있다고 합니다. 그 정도 병력을 동원했다면 조선 본토가 거의 비어 있을 가능성이 높소이다."

쿠르베 제독이 동조했다.

"맞습니다. 그래서 내각에서 저를 극동함대 사령관으로 임명해서 파견한 것입니다."

샤를 톰슨 총독이 눈을 빛냈다.

"제독이 부디 조선의 수도인 한양을 점령해 주시오. 그렇게 되면 우리는 의외로 큰 소득을 얻을 가능성이 높소이다."

톰슨 총독이 부레 공사의 제안을 설명했다. 그 말을 들은 쿠르베 제독이 격하게 반응했다.

"그거 아주 좋은 생각이군요. 만일 그렇게만 된다면 우리는 극동에서 확실하고 분명한, 그리고 엄청난 교두보를 확보하게 되겠습니다."

톰슨 총독의 목소리가 높아졌다.

"그렇소이다. 지금까지 우리는 아시아에서 영국에 뒤처져 왔소이다. 다행히 이곳 코친차이나를 점령하면서 인도차이나반도를 장악할 여건은 마련했소. 이번에 조선 공략에 성공한다면 지금까지의 부진을 단번에 만회할 수 있을 것이오."

쿠르베 제독이 장담했다.

"걱정 마십시오. 어떠한 일이 있더라도 반드시 조선을 응징해서 소기의 목적을 달성해 내겠습니다."

샤를 톰슨 총독이 호탕하게 웃었다.

"하하하! 고맙소이다. 말만 들어도 속이 뻥 뚫린 것 같소이다."

이때.

총독의 시종장이 안으로 들어왔다.

"총독 각하! 만찬 준비가 끝났습니다."

샤를 톰슨 총독이 일어났다.

"오! 그거 아주 잘되었구나. 자! 제독, 그만 일어나 자리를 옮깁시다. 제독을 모시려고 며칠 전부터 저녁마다 우리 총독부의 주방장이 혼신의 노력을 기울여서 준비해 왔소이다."

"그렇게 하시지요."

만찬은 흥겨운 음악이 곁들여지면서 훨씬 더 풍성해졌다. 그 바람에 이날 코친차이나 총독부는 밤늦게까지 불이 꺼지지 않았다.

5월 중순이 되었다.

쿠르베 제독의 극동함대는 해군사단의 극동전대와 수송선단을 포함해 재편했다. 이러는 동안 해군사단 제1여단 병력이 승선까지 마쳤다.

드디어 출항이었다.

샤를 톰슨 총독은 극동함대의 출항을 환송하기 위해 붕타우까지 직접 내려와 있었다. 그런 샤를 톰슨 총독이 극동함대의 기함인 바야르함에 올라 쿠르베 제독과 인사했다.

"부디 좋은 결과를 얻어 주시오."

쿠르베 제독이 장담했다.

"반드시 조선을 정벌해서 우리 프랑스의 위상을 세계만방에 떨치겠습니다."

"꼭 그렇게 해 주시오."

두 사람이 굳게 악수를 나눴다.

총독은 쿠르베 제독의 옆에 있는 고위 장교들과 인사를 나눴다. 그러다 해군1여단 병력을 지휘하는 프랑수아 드 네그리에 소장에게 당부했다.

"전쟁의 승패는 지상군에 의해 결정될 수밖에 없소이다. 그러니 이번 원정의 성패는 네그리에 소장의 어깨에 달려 있다고 해도 과언이 아니오."

네그리에 소장이 가슴을 폈다.

"조금도 걱정하지 마십시오. 하찮은 동양의 조선군을 우리 프랑스가 이기지 못할 까닭이 없습니다."

"하하하! 소장만 믿겠소이다."

샤를 톰슨 총독은 다른 장교들과도 굳게 악수했다. 그러고는 쿠르베 제독과 한 번 더 악수하고는 배를 내려갔다.

사를 톰슨 총독이 하선한 것을 확인한 쿠르베 제독은 지시

했다.

"함장! 기함을 출발하게."

"예, 알겠습니다."

바야르의 함장이 소리쳤다.

"출항이다! 기함은 닻을 올리고 기관의 출력을 높이도록 하라!"

붕!

기함이 기적을 올렸다.

이어서 기함의 선미에 출항을 알리는 깃발이 게양되었다. 그것을 본 다른 함정들도 출발 깃발을 올리고는 시꺼먼 연기를 뿜어내기 시작했다.

잠함 안무는 쿠르베 제독의 함대가 붕타우로 입항한 이후, 기회만 되면 붕타우만으로 들어가 프랑스 함대를 정찰해 왔다.

붕타우만은 지형적인 영향으로 잠수함의 활동하는 데 상당한 제약이 있다. 그럼에도 잠함 안무는 이철용과 승조원들의 노력으로 극동함대의 움직임을 낱낱이 파악해 나갔다.

잠함 안무와 가장 가까운 함정은 지리산이다. 지리산은 수시로 무인정찰기를 붕타우 일대로 띄웠다.

그렇게 해서 수집된 정보는 제7기동함대 전체와 공유했

다. 덕분에 제7기동함대는 프랑스 극동함대의 움직임을 손바닥 보듯 들여다볼 수 있었다.

프랑스 극동함대가 움직임과 동시에 제7기동함대도 따라서 움직였다. 잠함 안무는 극동함대의 기함을 따라 유유히 북상했다.

이어서 지리산과 태백산도 프랑스 극동함대의 움직임에 맞춰 서서히 북상했다. 그리고 기함인 백령도는 해전 예정 지역인근에 대기하며 북상하는 휘하 함정과 긴밀히 교신을 주고받았다.

프랑스 극동함대는 10노트의 속도로 북상했다.

극동함대는 밤이 되어도 등화관제를 아예 실시하지 않았다. 그만큼 이들은 자신이 있었다. 그리고 자신들의 항해를 다른 나라가 알아주기를 바라고 있었다.

지휘관들도 긴장하지 않았다.

쿠르베 제독과 지휘관들은 거의 매일 기함의 갑판에서 조찬이나 만찬을 열었다. 이때마다 동행한 악단이 흥겨운 음악을 연주해 주고는 했다.

지휘관들이 이러니 대부분의 승조원들의 기강도 많이 풀렸다. 그럼에도 지휘관들은 이런 승조원들을 별로 다그치지 않았다. 단지 안전사고를 위해 술을 마시는 것을 금할 뿐이었다.

북상하던 극동함대가 상해로 입항했다.

닷새 동안의 항해여서 석탄 소비량도 별로 많지 않았다. 그럼에도 상해에 입항한 것은 자신들의 위상을 서양 각국에 보여 주고 싶어서였다.

14척의 프랑스 극동함대와 5척의 수송선단이 입항하자 상해 전체가 술렁였다. 각국 외교관들은 대규모 함대가 입항한 항구로 달려가 목적지가 어디인지 알려 했다.

프랑스 극동함대는 당당히 조선에 책임을 묻기 위해 출항한다고 했다. 그 바람에 상해 외교가가 발칵 뒤집혀졌다.

조선은 지금 모든 국력을 쏟아부어서 청나라와 전면전을 치르고 있었다. 그 바람에 조선 본토의 방어력이 현격히 떨어졌다는 것이 세간의 상식이었다.

그러한 틈새를 프랑스가 공공연하게 노린다는 말이었다. 소식을 접한 대부분의 외교관들은 하나같이 조선의 패배를 점쳤다.

이러한 소식은 남경에 있는 청국 조정에도 급보로 전달되었다.

남경은 강남이어서 겨울에도 북경처럼 혹독하게 춥지가 않다. 그래서 겨우내 징병할 수 있었으며 덕분에 50만의 병력을 양성할 수 있었다.

서태후는 봄이 되면서부터 수시로 대신들을 불러들였다. 그러고는 병력 양성과 북진의 시기를 조율하고는 했다.

이날도.

서태후의 전각에는 여러 대신들이 들어와 한창 서태후와 함께 국사를 논의하고 있었다. 그때 황급히 환관이 안으로 들어왔다.

"태후 폐하! 상해로부터 급보가 도착했사옵니다."

서태후가 깜짝 놀랐다.

"아니, 상해에서는 지금껏 전령을 보내온 적이 없었다. 그런데 무슨 일이기에 급보가 도착한 것이더냐?"

이홍장이 나섰다.

"태후 폐하, 상해에서 급보가 날아온 것은 이번이 처음입니다. 그러니 전령을 직접 들여서 보고를 받으시는 것이 좋겠습니다."

"그렇게 하세요."

이홍장이 지시했다.

"어서 전령을 들이도록 하라."

전령이 바로 들어와 부복했다.

이홍장이 질문했다.

"무슨 일이기에 상해에서 전령이 온 것이냐?"

"프랑스가 대규모 함대를 동원해 조선 본토를 공격한다고 합니다."

모두들 깜짝 놀랐다.

서태후가 급히 질문했다.

"그게 무슨 말이냐? 어서 정확히 보고해 보도록 하라."

전령이 몸을 더욱 낮췄다.

"어제 상해로 20여 척의 대규모 프랑스 함대가 입항했습니다. 그래서 급히 알아본 바로는 조선이 프랑스에게 과도한 요구를 했고, 그것에 분노한 프랑스가 조선을 응징하러 왔다고 합니다."

"오! 그래?"

"예, 프랑스 함대는 상해에서 부족한 생필품을 보급받는 대로 곧바로 조선 본토를 공략하러 간다고 합니다."

서태후가 반색했다.

"오오! 그거 참으로 듣던 중 반가운 소리구나."

남양대신 심보정이 나섰다.

"프랑스 함대의 규모가 어느 정도이더냐?"

"서양 기준으로 5,000톤이 넘는 대형 전함이 몇 척이나 되었사옵니다. 그리고 다른 전함도 그에 못지않게 컸고요."

"프랑스가 작정을 했나 보구나."

전령의 보고가 이어졌다.

"프랑스 함대를 지휘하는 제독이 이런 말을 공공연하게 하고 있사옵니다. 조선을 이번 기회에 철저하게 무력화해 버리겠다고요."

이홍장이 두 손을 모았다.

"태후 폐하, 생각지도 않은 일이 일어나고 있나 봅니다.

그것도 우리 청국에 아주 유리한 방향으로요."

서태후의 목소리가 높아졌다.

"그러게나 말입니다. 프랑스가 저렇게 나온다면 분명 조선에 큰 타격을 입히겠지요?"

"물론입니다. 조선은 육군은 강한지 몰라도 수군은 서양처럼 강력하지 못합니다. 그런 상황에서 프랑스가 대규모 함대를 동원했으니 그것을 어찌 조선이 막을 수 있겠습니까?"

심보정도 격하게 반겼다.

"옳은 지적입니다. 조선의 국력이 그동안 많이 신장되었다고 해도 분명 한계가 있사옵니다. 조선의 국력을 유추해 봤을 때 우리처럼 오륙십만의 병력을 쉽게 운용하기는 어렵습니다."

공헌이가 나섰다.

"그렇다면 조선 본토에 병력이 별로 남아 있지 않을 가능성이 높겠군요."

"예, 그렇습니다."

공헌이가 두 손을 모았다.

"태후 폐하, 고진감래라고 했사옵니다. 우리가 지난겨울 혼신의 노력을 다한 것이 이제야 빛을 발할 수 있게 되었사옵니다."

"그러게 말이에요, 북양대신."

"예, 폐하."

“프랑스가 조선 본토를 침략하는 시기에 맞춰 우리도 북진을 해야 하는 거 아닙니까?”

이홍장이 고개를 저었다.

“폐하, 송구하나 그렇지 않사옵니다. 지금은 나아가야 할 때가 아니라 기다려야 할 때입니다.”

서태후의 표정이 굳어졌다.

“지금 기다리자고 했습니까?”

“그렇습니다. 프랑스가 조선 본토를 공략한다면 대륙에 들어와 있는 조선군은 그대로 무력화되어 버립니다. 그렇게 되면 우리는 어부지리를 얻을 수가 있습니다.”

그제야 굳어졌던 서태후의 얼굴이 펴졌다.

“아! 그렇군요. 직접 공략을 하지 않아도 절로 무너지겠군요.”

“예, 그러니 프랑스가 조선을 공략할 때까지 잠시 기다렸다 움직이는 것이 훨씬 좋사옵니다.”

서태후도 두말하지 않았다.

“알겠습니다. 이번만큼은 북양대신의 말씀이 맞는 것 같으니 기다리도록 하지요.”

“현명한 결정을 하셨습니다.”

서태후가 손짓했다.

“그러면 모두 돌아들 가세요. 오늘의 회의도 이만 그치는 것이 좋겠군요.”

“예, 폐하.”

인사를 마친 이홍장은 밖으로 나왔다. 그런 이홍장을 공헌이가 불렀다.

“북양대신 각하.”

“예, 대인.”

“프랑스가 조선을 이기는 것은 우리에게 좋은 일이기는 합니다. 그런데 조선을 이긴 프랑스가 우리에게 조선군이 강점해 있는 모든 지역을 그대로 돌려주겠습니까?”

이홍장이 걸음을 멈췄다.

“공 대인께서는 프랑스가 다른 생각을 할 수도 있다고 생각하십니까?”

공헌이가 생각을 밝혔다.

“그렇습니다. 서양 제국은 언제나 호시탐탐 우리 청국의 이권을 노려 온 자들입니다. 그중에는 영국과 프랑스가 가장 탐욕스럽고요. 그런 프랑스가 아무 조건 없이 조선이 강점한 땅을 넘겨주지 않을 것 같아서요.”

이홍장의 안색이 굳어졌다.

“아아! 말씀을 듣고 보니 그럴 가능성을 배제하기 어렵겠군요.”

“예. 그래서 생각인데, 아무래도 최악의 경우를 생각해 둬야 할 듯합니다.”

“최악이라면 무엇을 말씀하시지요?”

“적어도 일정 지역은 넘겨줘야 하는 경우도 감안해야 하지 않겠습니까?"

이홍장이 쉽게 답을 하지 못했다.

심보정도 우려에 동조했다.

"제가 생각해 봐도 프랑스는 결코 쉽게 물러날 것 같지가 않습니다. 저들은 우리의 우환을 제거해 주었다는 핑계로 무언가를 노릴 것이 분명합니다."

이홍장이 한숨을 내쉬었다.

"후우! 이거 자칫 여우를 피하려다 승냥이를 만나는 것은 아닌지 걱정이 됩니다."

이 말에 모두의 안색이 흐려졌다. 그런 대신들 중 누구도 아니라는 말을 선뜻하지 못했다.

프랑스 함대는 사흘 동안 상해에 머물렀다. 그러는 동안 함대는 상해에 주재하는 프랑스 외교관의 도움으로 보급을 충분히 받고서 출항했다.

이러한 프랑스 극동함대의 움직임은 낱낱이 제7기동함대가 파악하고 있었다.

대진은 이때.

제7기동함대모함인 백령도에 있었다.

프랑스의 이번 도발은 전적으로 대진의 공작 때문에 일어난 것이었다. 그래서 책임을 진다는 차원과 결과를 알고 싶은 생각에서 백령도 근무를 자원했다.

제7기동함대 사령관은 윤보영이다. 윤보영 제독은 제1함대 사령관을 역임한 뒤 지난해 제7함대 사령관에 부임했다.

백령도 함장 출신인 그의 사령관 부임은 금의환향이나 다름없었다. 제7함대의 구성원들은 대부분 마군 출신들이어서 하나같이 그의 부임을 반겼다.

대진도 그와는 오랫동안 좋은 인연을 맺어 오고 있었다. 그런 대진이 백령도의 회의실에서 작전회의에 참석하고 있었다.

함대참모장이 작전을 설명했다.

"이번에 시도될 작전은 이전과는 다르게 진행될 것입니다."

참모장이 화면을 보며 작전을 설명했다.

"……이런 식으로 작전이 진행될 것이며 작전 개시는 프랑스 극동함대가 제주 해역으로 들어오는 모레 새벽입니다."

윤보영이 질문했다.

"프랑스 극동함대에는 프랑스 해군사단의 여단 병력이 동승해 있다. 그런 병력도 문제없이 전부 제압할 수 있을까?"

"프랑스 해군사단은 별도의 수송선단에 승선해 있습니다. 우리 작전대로라면 수송선단을 상대로는 어렵지 않게 항복을 받아 낼 수 있을 것입니다."

대진이 의문을 품었다.

"하루 만에 모든 작전을 완수해 낼 수 있을까요?"

"시간이 문제이지만 충분히 가능합니다. 특전 부대와 해병 수색대가 동시에 전개하는 작전입니다. 거기에 V-22도 6대나 투입되고요."

"우선은 12척의 함정과 2척의 어뢰정부터 나포하자는 거군요."

"그렇습니다. 극동함대의 주력만 나포한다면 5척의 수송선단은 대기하고 있는 2함대만으로도 충분히 항복을 받아 낼 수 있습니다."

"작전시간은 얼마나 걸리겠습니까?"

"완전히 마치려면 상당한 시간이 걸리겠지요. 그러나 중요한 것은 작전 개시 후 1시간입니다."

"승부는 1시간이란 말씀이군요."

"그렇습니다."

"새로 개발된 가스탄의 위력이 상당하다고요? 듣기로는 수면유도가스라고 하던데, 맞습니까?"

"그렇습니다. 화학 부서에서 신경을 많이 썼습니다. 과거에는 쉽게 사용할 수 없었던 유독 성분도 들어가고 해서 프랑스군을 어렵지 않게 무력화할 수 있을 것입니다."

"후유증도 발생합니까?"

참모장이 고개를 저었다.

"후유장애는 발생하지 않는다고 합니다. 그러나 며칠 동안은 상당히 곤욕을 치른다는 말을 들었습니다."

"그 정도야 큰 문제는 되지 않겠네요."

"맞습니다. 지금 시대에 화학전을 누가 알겠습니까?"

대진이 단호히 밝혔다.

"철저하게 무력화해야 합니다. 조선을 무단으로 침략하려는 자들입니다. 그것도 선전포고도 없이요. 그런 프랑스에는 강력한 응징만이 정답입니다. 만일 우리가 대처하고 있지 않았다면 이번에 조선이 결정적인 치명타를 맞았을 것입니다."

윤보영도 동조했다.

"맞는 말이야. 이 시대에 적국의 인권을 따지는 것 자체가 어불성설이지. 우리는 우리 국민만 보호하고 지켜 나가면 돼. 우리 조선이 아직 확고한 국력을 보여 주지 않았기 때문에 프랑스가 이런 식의 도발을 할 수 있는 거야. 그리고 이번 기회에 조선이 약하다는 오해를 완전히 불식시켜야 해."

모든 사람이 동시에 고개를 끄덕였다.

윤보영은 장내를 돌아봤다.

"특전대와 수색대의 준비는 차질이 없겠지?"

2명이 지휘관이 동시에 보고했다.

"물론입니다."

"참모장! 함대 상황은 어때?"

참모장이 보고했다.

"잠함 2척과 태백산이 제주 해역에 대기하고 있습니다. 잠함 안무와 지리산은 프랑스 극동함대의 속도에 맞춰 북상하고 있고요."

"좋아, 그러면 잠함 안무에 특전대원을 승선시켜야 하니 먼저 북상하도록 연락해."

"알겠습니다."

윤보영이 모두를 둘러봤다.

"우리 제7기동함대는 이번에도 외부에 노출되면 안 된다. 그러면서 나포 작전을 벌여야 해서 결코 쉽지가 않다. 그러나 우리는 강력한 무기와 최강의 전투력을 보유하고 있으니만큼 반드시 작전에 성공해서 우리의 위상을 세상에 알리도록 하자."

"예, 알겠습니다."

잠함 안무의 승조원들은 한 달이 넘는 작전을 전개하느라 심신이 많이 지쳐 있었다. 그러나 작전이 막바지에 이르고 있는 만큼 모두의 눈빛은 더없이 빛나고 있었다.

이철용은 수시로 이런 승조원들을 다독이며 임무를 수행해 왔다. 오늘도 상해를 출발한 프랑스 극동함대와 보조를 맞춰 북상하며 잠망경으로 감시하고 있었다.

"함장님, 백령도로부터 교신입니다."

이철용이 무전기를 들었다.

"충성! 함장, 이철용입니다."

—수고가 많다. 함대참모장이다.

"예, 참모장님."

—프랑스 함대에 이상 상황은 없나?

"뚜렷한 이상 징후는 없습니다. 아침저녁마다 기함에서 선상 조찬과 만찬을 즐기는 것도 여전하고요."

—어처구니없는 놈들이네. 조선을 얼마나 낮춰 봤으면 아직도 그런 짓을 벌이고 있는 거야?

"그러게 말입니다."

—안무에 특전 요원을 승선시켜야 한다. 그러니 감시 임무는 지리산으로 넘기고 즉시 최고속도로 북상하기 바란다.

"예, 알겠습니다."

교신을 마친 이철용이 지시했다.

"잠수해서 최고속도로 북상한다. 잠망경을 내리고 밸러스트에 물을 채우도록 하라!"

그의 지시가 떨어지자 잠함 주변에 급격히 물방울이 생성되었다. 그러면서 조금씩 선체가 내려가던 안무는 이내 시야에서 사라졌다.

5장

쿠르베 제독은 이날도 여러 지휘관들을 초대해서는 만찬을 열었다. 흥겨운 음악과 함께 시작된 만찬은 밤늦게까지 진행되었다.

쿠르베 제독은 반주로 마신 포도주에 제법 취했다. 그래서 밤늦게 자신의 선실로 들어가자마자 그대로 곯아떨어졌다.

다음 날 새벽.

프랑스 극동함대는 밤에 항해를 하지 않았다. 그래서 모든 선박에 불을 밝히고서 바다에 떠 있었다.

여명 직전이어서 사방이 암흑이었다.

그러나 극동함대가 등화관제를 하지 않아서 주변 바다는

더없이 밝았다.

그런 극동함대의 기함 바야르의 선체 그림자 아래 수면에서 손 하나가 올라왔다. 그렇게 올라온 손은 들고 있는 흡착판을 선체에 붙였다.

이어서 그 손에 의지해 몸이 수면 위로 쑥 올라왔다. 그런 바로 옆에서도 다른 손이 올라와 마찬가지로 몸을 솟구쳤다.

이들은 마군의 특전 요원들로, 온몸은 물론 얼굴마저 위장이 되어 있었다. 한 손에 의지해 몸을 솟구친 특전 요원은 다른 손을 위로 올렸다.

그 손에도 흡착판이 들려 있었으며 특전 요원은 그 흡착판을 선체에 붙였다. 그러고는 먼저 붙인 흡착판을 떼고서 다시 위로 솟구쳤다.

특전 요원들은 그런 식으로 두 팔만을 의지해 선체를 올라갔다. 그들의 발밑 수면에서는 다른 특전 요원이 작살을 들고서 눈을 번뜩이고 있었다.

두 팔만을 이용해 선체를 오르는 특전 요원들은 거침이 없었다. 이들은 팔과 다리를 적당히 이용해 가면서 신속하게 움직였다.

이윽고 선체 난간에 도착했다.

턱!

선체를 다 오른 특전 요원은 조심스럽게 난간 위로 고개를 들었다. 다행히 기함의 갑판 어디에도 사람의 움직임은 없었다.

특전 요원이 신속히 갑판으로 올랐다.

곧바로 뒤따르는 특전 요원의 손을 잡아 그대로 갑판으로 올렸다. 그러고는 갖고 온 줄을 단단히 고정하고서 아래로 던졌다.

특전 요원은 가로질러 맨 소총을 풀었다. 그런 2명의 특전 요원은 갑판 난간의 어둠으로 스며들어 주변을 경계했다.

이어서.

아래에서 대기하고 있던 특전 요원들이 줄을 타고 속속 올라왔다. 갑판으로 올라온 요원들은 그 자리에서 방독면을 착용하고는 사방으로 흩어졌다.

이들은 이미 극동함대의 기함 바야르의 상부 구조를 파악하고 있었다. 그랬기에 발걸음에는 거침이 없었다.

특전팀장 서영식은 가장 먼저 바야르함의 중앙으로 달려갔다. 바야르의 함교는 연돌과 붙어 있었으며 서영식과 특전대원들은 계단을 최대한 조심스럽게 밟으며 가장 높은 곳으로 올라갔다.

딸깍!

서영식이 닫혀 있는 문을 조심스럽게 열었다. 실내에는 2명의 프랑스 선원이 잠에 취해 있었다.

서영식이 동행한 대원 중 한 명을 가리켰다. 그러고는 다른 한 명에게 다가가 허리에서 작은 병을 꺼내 코에 댔다.

그렇게 어느 정도 지났을 때였다.

동행한 특전 요원이 방독면을 동해 수신호로 프랑스 승조원이 약에 취했음을 알렸다. 서영식도 자신이 맡은 프랑스 승조원의 상태를 확인하고는 수신호를 보냈다.

그러자 두 사람은 동시에 프랑스 승조원의 손과 발을 결박했다. 그렇게 목적을 달성하고는 거꾸로 내려가면서 방을 뒤졌다.

서영식과 특전대원이 막 갑판에 내려오자 다른 대원들도 중앙으로 몰려들었다. 서영식이 고개를 돌려 확인을 하니 모두 OK 신호를 보냈다.

서영식이 수신호로 지시했다.

모여 있던 특전대원들이 갑판 아래 선실로 달려갔다. 그렇게 달려간 특전대원의 선두 병력이 문을 열고는 휴대한 탄을 던져 넣었다.

쉬익!

그 순간 하얀 연기가 피어오르면서 순식간에 선실로 빨려 들어갔다. 잠깐의 시간을 기다렸다가 서영식이 소리쳤다.

"가자!"

"가자!"

특전대원들이 복창하고는 선실로 달려 내려갔다. 선실복도는 이미 하얀 연기로 가득해 있었다.

서영식은 벽에 부착된 고래 유등에 의지해 가장 먼저 복도를 달렸다. 그러다 아래로 내려가는 계단에 도착하자 가스탄을 뽑아서 던졌다.

쉬익!

이어서 다른 대원도 가스탄을 던지면서 아래층도 순식간에 가스가 차올랐다. 서영식은 각 층의 복도마다 2명의 대원을 배치했다.

그러고는 차곡차곡 선실을 점령해 내려갔다.

이 과정에서 특전대원들은 가장 위험한 탄약고와 화약고을 우선적으로 점령했다.

그러다 기관실에 도착했다.

기관실은 석탄 창고와 기관 등이 있어 실내가 넓다. 그리고 보일러에 석탄을 공급하는 화부들은 선실이 아닌 기관실 이곳저곳에서 잠을 잔다.

그렇다 보니 다른 곳보다 훨씬 더 신경을 써야 한다. 서영식은 기관실로 들어가기 전에 몇 명의 대원을 먼저 지목했다.

그렇게 지목당한 대원들은 동시에 가스탄을 빼 들었다. 그러고는 서영식 수신호에 맞춰 기관실 곳곳으로 가스탄을 던졌다.

그리고 얼마 후.

"들어가서 모두 제압하라!"

기관실이 선체의 가장 끝이다.

그래서 이전처럼 수신호로 지시하지 않고 소리쳐서 지시했다. 서영식의 지시가 방독면에 울렸으나 대원들은 바로 알아들었다.

특전대원들이 기관실로 쏟아져 들어갔다. 그러고는 사방에 널브러져 있는 프랑스 승조원과 화부들의 손과 발을 모조리 구속했다.

퍽!

가스탄이 독하다고는 하나 모두에게 똑같은 효과를 발휘하지는 않는다. 그래서 가끔 약에 취했음에도 휘청거리며 반항하려는 승조원도 있었다.

이런 자들은 약에 취해 있는 터라 구태여 사살하지 않아도 된다. 그 대신 여지없이 개머리판으로 이들의 머리통을 박살냈다.

기관실 장악을 마친 서영식이 지시했다.

"위로 올라가면서 모조리 제압하라!"

"예, 알겠습니다."

특전대원들은 힘찬 대답과 함께 위층으로 달려 올라갔다. 대원들이 먼저 움직이고 나서 서영식이 한 번 더 기관실을 점검했다. 그런 뒤 이상이 없는 것을 확인하고는 위로 올라갔다.

서영식이 올라오니 모든 선실의 문이 열려 있었다. 그런 선실에는 거의 모든 프랑스 승조원이 약에 취해 묶여 있었다.

그렇게 모든 선실을 점검하던 서영식이 갑판으로 올라왔다. 갑판에 오른 서영식이 바람을 맞으며 방독면을 벗었다.

그 순간 역한 냄새와 함께 머리가 핑 돌았다. 그러나 충분히 참을 만했기에 주변에 걸려 있는 유등을 벗겨 냈다.

그가 유등을 들고서 원을 그렸다.

그와 동시에 주변 함정에서 같은 신호를 보내왔다. 그렇게 보내오는 신호는 시간이 지날수록 숫자가 늘어났다.

서영식이 헤드셋을 켰다.

"식별번호 1번 임무 완료."

"식별번호 2번 임무 완료."

"식별번호 3번 임무 완료."

그리고 14번의 식별번호가 모두 불렸다. 특전대원과 해병수색대가 프랑스 극동함대 나포에 성공한 것이다.

서영식이 소리쳤다.

"임무 완수했다! 성공이다!"

"와!"

그 순간 헤드셋에서 엄청난 환호가 터졌다. 그 환호는 한동안 이어졌으며, 서영식은 잠깐 눈을 감고 환호에서 느껴지는 흥분을 즐겼다.

그리고 환호가 잦아졌을 때.

서영식이 주파수를 바꿨다.

"여기는 참새. 둥지 나오십시오."

잠함 안무의 이철용이 받았다.

-여기는 둥지. 어떻게 되었나?

"성공했습니다. 14척의 모든 함정을 나포했습니다."

그 순간 무전기에서도 함성이 들렸다.

―수고 많았다. 잠시 대기하면 백령도에서 V-22가 날아갈 것이다.

"알겠습니다. 대기하겠습니다."

그리고 30여 분 후.

타! 타! 타! 타!

북쪽 하늘에서 둔탁한 소리와 함께 붉은 등이 깜빡이며 날아왔다. 이어서 소리가 점점 더 커지면서 V-22가 기함의 갑판 위로 도착했다.

그것을 본 서영식이 소리쳤다.

"하강이 쉽도록 갑판을 정리하라!"

대원들이 급히 갑판을 정리했다.

서영식이 고래 유등을 들고 갑판 중앙에 섰다. 그러자 가까이 날아온 V-22에서 헤드라이트가 켜지면서 갑판을 하얗게 비췄다.

서영식이 유등을 돌렸다.

그것을 확인한 V-22에서 줄이 내려왔고 그 줄을 타고 병력이 줄줄이 하강했다. 개중에는 줄을 타지 못하는 사람이 있었는데 이들은 미리 준비된 안전망을 타고 내려왔다.

대진도 줄을 타고 내려왔다.

"충성! 어서 오십시오."

대진이 웃으며 답례했다.

"충성! 고생이 많았어. 인명피해는 없었나?"

"다행히 모두 무사합니다. 그리고 가스탄의 위력이 대단해서 반항도 거의 없었습니다."

"다행이구나."

뒤이어 해군 중령도 하강했다. 서영식이 해군 중령에게 다가가 확인했다.

"충성! 승조원 모두 방독면은 갖고 오셨지요?"

"그렇다. 포로 중 사망자는 있나?"

"총으로 살상한 경우는 한 명도 없습니다."

해군 중령이 안도했다.

"다행이구나. 총상을 입은 자가 없다면 포로를 수용하기가 쉽겠어."

대화하는 동안 모든 인원이 하강했다. 병력을 모두 하강시킨 V-22는 다시 백령도로 날아갔다.

해군 중령이 지시했다.

"모든 승조원은 방독면을 착용하라!"

대진과 동행한 조사원을 제외한 모든 해군 승조원들이 방독면을 착용했다. 그것을 확인한 해군 중령이 지시했다.

"지금부터 선실로 내려가서 프랑스 포로들을 전부 한 곳에 가둔다. 포로를 가두는 위치는 전체 식당이다. 가자!"

그의 지시에 따라 수십여 명이 선실로 달려 내려갔다. 이러는 동안 특전대원들은 기함의 아일랜드에서 기절해 있는 포로들을 전부 끌어내렸다.

대진이 확인했다.

"포로 중에 고위 무관은 없었나?"

"아일랜드에는 없었고 선실에 몇 명이 있었습니다. 그래서 그들은 분리해서 특별 조치를 해 두었습니다."

"잘했다."

대진이 조사원에게 지시했다.

"지금부터 선내 수색을 시작한다. 이들은 분명 프랑스 본국으로부터 명령서를 받아 왔을 것이다. 그 서류와 관련 서류를 찾아내는 것이 이번 수색의 목적이다. 그러니 관련 서류가 있으면 무조건 수집을 해서 가져오도록 하라."

"알겠습니다."

대진이 특전팀장을 바라봤다.

"조사 인원이 많이 없으니 특전대원도 도움을 주었으면 좋겠어."

"아일랜드에 회의실과 여러 사무실이 붙어 있던데 그곳만 수색하면 되지요?"

"우선은 그곳이면 돼."

"알겠습니다."

특전팀장이 대원들을 불러 지시했다. 지시를 받은 특전대원 몇 명이 앞으로 나섰다.

대진의 지시가 떨어졌다.

"수색을 시작하라!"

대진과 동행한 조사원들 중 몇은 프랑스어에 능통한 사람들이다. 이들은 특전대원들의 도움을 받아 아일랜드를 샅샅이 뒤지기 시작했다.

그리고 수색은 얼마 지나지 않아 결과가 바로 나왔다. 대진과 동행한 일행 중 한 명이 서류 뭉치를 가져왔다.

"특보님, 명령서와 관련 서류를 찾았습니다."

"오! 그래?"

조사원이 서류를 내밀었다.

"이 서류는 프랑스 극동함대 사령관인 아메데 쿠르베 제독이 프랑스 본국 정부로부터 받은 출정 명령서입니다. 그리고 이 서류는 코친차이나 제독이 프랑스 해군사단 함정을 극동함 대재편에 승인한다는 확인서이고요."

대진이 서류를 넘겨받았다.

대진은 프랑스어를 거의 모른다. 그러나 서류가 격식을 갖춰 발행한 명령서와 확인서라는 사실은 어렵지 않게 확인할 수 있었다.

대진이 주먹을 움켜쥐었다.

"이 정도면 되었다. 이 정도면 과거의 일을 충분히 설욕하고도 남겠다."

서류는 또 있었다.

조사원이 서류를 건넸다.

“특보님, 이 서류는 수송선단에 탑승해 있는 병력이 코친차이나 해군사단 1여단 병력이란 사실을 확인하는 내용입니다.”

대진으로서는 모르는 내용이었다.

대진이 급히 서류를 넘겨받았다.

“극동함대와 동행하는 프랑스 병력이 해군사단의 1여단이란 말이구나.”

“서류에 그렇다고 나와 있습니다.”

“해군사단이라면 우리의 해병대인데, 나름대로 상당한 전투력을 보유하고 있겠어.”

조사원이 동조했다.

“예, 맞습니다. 저들이 강화도나 본토에 상륙했다면 큰일을 당할 뻔했습니다.”

대진이 이를 갈았다.

“으득! 잘되었구나. 해군사단의 여단 병력까지 모조로 나포한다면 프랑스로서도 절대 그냥 넘어가지 못할 것이야. 더구나 이런 증거서류가 분명한 만큼 발뺌도 할 수 없을 터이고.”

조사원이 차분히 설명했다.

“맞는 말씀입니다. 이 정도 서류라면 프랑스가 선전포고도 없이 전쟁을 수행하려 했다는 사실도 명명백백하게 증명됩니다.”

대진이 크게 고개를 끄덕였다.

“수고가 많았어. 그리고 혹시 참고될 만한 서류가 더 있을

지 모르니 좀 더 수색을 해 보게."

"예, 알겠습니다."

이러는 동안 여명이 밝아 왔다.

수송함의 프랑수아 드 네그리에 프랑스 해군사단 1여단장은 평상시처럼 일찍 일어났다. 가볍게 세안한 그는 해군 정복을 차려입고는 갑판으로 올라갔다.

그가 탄 배의 함장이 인사했다.

"어서 오십시오."

네그리에 소장이 답례했다.

"오! 함장, 별일 없겠지?"

네그리에 소장은 무심결에 질문했다. 그런데 돌아오는 대답은 예상과는 전혀 달랐다.

"아무래도 뭔가 이상한 것 같습니다."

네그리에의 눈이 커졌다.

"음? 그게 무슨 말인가? 이상하다니?"

함장이 손으로 함대 기함을 가리켰다.

"기함 바야르의 움직임이 전혀 없습니다. 다른 함정의 움직임도 마찬가지고요. 지금쯤이면 출발을 알리는 깃발이 올라와야 하는데 신호가 올라오지 않고 있습니다."

네그리에 소장이 주변을 둘러봤다.

"그러네? 함장의 말대로 어느 함정도 움직이지가 않아. 연돌에 연기도 솟구치지가 않고 있어."

"아무래도 기함을 포함한 함대에 무슨 일이 일어난 것 같습니다."

소장이 손을 내밀었다.

"함장! 망원경을 줘 보게."

함장이 원통 망원경을 건넸다.

그것을 받아 든 네그리에 소장이 망원경의 길이를 조절하며 초점을 맞췄다. 아니나 다를까, 망원경으로 살펴본 기함 바야르의 갑판에 사람의 모습이 보이지 않았다.

"으음! 이상하구나. 갑판에 병사들의 움직임이 보이지 않아."

"예, 있다고 해도 몇 명이 어슬렁거리는 정도가 고작입니다. 그런 움직임은 항해를 준비하는 태도가 전혀 아닙니다."

네그리에 소장이 망원경을 돌려 다른 함정을 바라봤다. 그런데 다른 함정에서도 별다른 움직임이 없었다. 네그리에 소장이 망원경을 건네며 고개를 갸웃했다.

"이상하네. 지금 시간이면 갑판이 한창 바빠야 하는데 어떻게 모든 함정이 조용하지?"

망원경을 건네받은 함장이 대답했다.

"뭔지 모르지만 일이 생긴 것이 분명합니다."

"으음!"

이때였다.

돛의 관측병이 급히 종을 쳤다.

땡! 땡! 땡! 땡!

종소리는 수송선단의 다른 함정에서도 거의 비슷하게 들려왔다.

함장이 소리쳤다.

"무슨 일이냐?"

관측병이 후미를 손으로 가리켰다.

"성명불상의 함대가 후방에서 접근해 오고 있습니다."

"뭐야!"

함장은 황급히 함미로 달려가서 망원경을 들었다.

그러자 수평선에서 다가오는 함대가 시야에 들어왔다.

네그리에 소장도 바로 뒤따랐다.

"함대가 어디 있지?"

함장이 망원경을 건넸다.

"저쪽 지평선을 살펴보십시오."

네그리에 소장도 급히 망원경을 들었다. 그런 그도 바로 다가오고 있는 함대를 포착할 수 있었다.

"대체 어느 나라 함대이기에 우리에게로 다가오고 있는 것이지?"

함장이 대답했다.

"아직은 모릅니다. 이 일대는 청국의 천진을 드나드는 함대가 다니는 해로인데 혹시 다른 서양 함대일 수가 있습니다."

"그렇다면 다행이지만."

이때.

땡! 땡! 땡! 땡!

다시 급박하게 종소리가 들렸다.

함장이 소리쳤다.

“이번에는 또 뭐야?”

“전방에서도 함대가 다가오고 있습니다.”

함장이 망원경을 받아서는 선수로 달려갔다. 그러고는 다시 망원경을 펼쳐서 전방을 살폈다.

“아아! 이게 대체 어떻게 된 일인가? 전방과 후방에서 동시에 함대가 몰려오고 있어.”

네그리에 소장이 설마, 하는 표정으로 중얼거렸다.

“혹시 우리 함대를 노리고 다가오는 것은 아니겠지?”

함장은 순간 고개를 극동함대로 돌렸다. 그런데 극동함대의 어느 함정도 전후방으로 다가오는 함대에 대해 대응하지 않고 있었다.

함장이 탄식했다.

“아아! 큰일입니다. 극동함대가 조금도 움직이지 않고 있습니다. 극동함대 전체에 이상이 생긴 것이 분명합니다.”

네그리에 소장도 머리털이 곤두섰다. 자신이 지휘하는 병력은 바다에서 전혀 힘쓰지 못하기 때문이다.

“달리 방안이 없나?”

함장이 고개를 저었다.

"없습니다. 지금과 같은 상황은 예상범위에 들어 있지도 않습니다."

"수송선단만 따로 움직일 수는 없겠나?"

함장이 펄쩍 뛰었다.

"그건 안 될 말씀입니다. 극동함대가 어떤 상황인지 아직 파악이 되지 않고 있습니다. 더구나 사령관 각하의 지시가 떨어지지 않은 상황에서 독단적인 행동을 할 수는 없습니다."

네그리에 소장이 잠시 고심했다.

"지금은 비상상황이다. 이런 상황에서 넋을 놓고 있을 수만은 없다. 그러니 함장이 나서서 수송선단을 지휘하도록 하라."

함장이 눈을 크게 떴다.

"제가 말입니까?"

"그래, 이후에 발생하는 모든 책임은 내가 질 터이니 그렇게 하라."

함장은 바로 대답을 못 했다. 그러자 네그리에 소장이 다시 한번 강조했다.

"걱정 말게, 함장. 모든 책임은 내가 질 터이니 함장이 선단을 지휘하게."

"……그렇게 하겠습니다. 우선은 지금 상황을 다른 함정에도 알릴 필요가 있습니다. 통신관!"

"예, 함장님."

"긴급 상황이다. 극동함대에 문제가 생긴 것이 분명하다.

그래서 우리 선단만의 단독 행동을 하려고 하니 수송선단의 모든 함정에 이 사실을 알리도록 하라."

"예, 알겠습니다."

대답을 마친 통신무관은 급히 선체 중심으로 달려갔다. 그러고는 기수에게 함장의 지시 사항을 전달했다.

기수가 급히 깃발신호를 날렸다.

그러나 이런 움직임은 소용이 없었다.

조선 수군 제2함대 사령관은 김규식 제독이다.

제2함대는 잠함 안무가 붕타우를 감시할 때부터 착실히 준비해 왔다. 그런 제2함대는 프랑스 극동함대가 상해에 정박하면서부터 비상에 들어가 제주도 주변에서 대기하고 있었다.

그러다 특전 부대와 해병수색대가 극동함대 제압에 성공했다는 소식을 전해 듣고 2개의 분대로 나뉘었다. 그리고 프랑스 수송선단을 에워싸며 항진했다.

제2함대는 오로지 프랑스 수송선단만을 노리고 있었다.

김규식 제독은 가슴이 벅찼다.

"이야! 드디어 우리 제2함대가 역사의 전면에 등장하게 되는구나. 그동안의 긴 기다림의 시간이 이제 끝이야."

함대참모장도 동조했다.

"축하드립니다, 제독님."

"고마워. 하지만 진짜 축하는 프랑스 수송선단을 항복받아 내고서 하자."

"예, 알겠습니다."

"프랑스 수송선단과의 거리는 얼마이지?"

"20킬로미터 남짓입니다."

"후방도 마찬가지겠지?"

"그렇습니다."

"좋아. 그러면 교신 거리가 되면 후방 전대에 작전대로 시행하라고 해."

"알겠습니다."

참모장이 통신장교를 불러 지시했다.

대진은 기함 바야르함의 갑판에서 제2함대가 다가오는 모습을 바라보고 있었다. 그런 대진에게 바야르의 운항을 책임진 중령이 다가왔다.

대진이 확인차 물었다.

"배를 운항하는 데 문제는 없겠어?"

"우리가 이전에 나포했던 프랑스 함정과 체계가 동일합니다. 그래서 운항하는 데는 전혀 문제가 되지 않습니다."

"다행이구나."

"하지만 수면 가스가 아직 선체에 잠재하고 있는 것이 문제입니다."

"너무 급박하게 항해할 필요는 없어. 확실하게 검증되지 않은 수면 가스여서 안전하지 않아."

"예, 그래서 가스가 모두 빠져나갈 때까지는 대기하려고 합니다."

"잘 생각했어."

특전팀장이 한 마디 했다.

"그나저나 제2함대는 좋겠습니다. 조선 함대로는 최초로 '정식' 해전을 벌일 수 있으니 말입니다."

해군 중령이 아쉬워했다.

"그러게 말이야. 우리 3함대는 아직 세상에 정식으로 이름을 드러내지도 못했는데 부럽네."

대진이 위로했다.

"너무 아쉬워하지 마. 프랑스 극동함대 전체를 제3함대 승조원이 나포했잖아."

"에이, 우리가 나포한 것이 아니지요. 우리는 그저 특전대와 수색대가 나포해 놓은 함정을 예인한 것뿐입니다."

"그렇지 않아. 특전대와 수색대는 당분간 세상에 모습을 드러내지 않을 거야. 그래서 전사(戰史)에는 귀관들이 나포한 것으로 기록될 거야."

해군 중령이 어색한 표정을 지었다.

"그렇다는 말을 들었습니다만 공적을 빼앗는 것 같아서 공연히 미안합니다."

특전팀장이 손을 저었다.

"아닙니다. 저희는 지금이 좋습니다. 우리가 세상에 모습을 드러내면 잠함도 그렇고 이런저런 문제가 많이 생기게 됩니다."

이들이 대화하는 동안 프랑스 수송선단이 서서히 기동하려 했다.

대진이 즉시 포착했다.

"수송 선박들이 움직이려고 하고 있어."

특전팀장도 동조했다.

"그러게 말입니다. 제2함대가 등장한 것을 보고서 위협을 느꼈나 봅니다."

대진이 고개를 저었다.

"그래 봐야 너무 늦었어. 이제 기동한다고 해 봐야 앞뒤로 진로를 막고 다가서는 제2함대를 피해서 도망칠 수는 없어."

쾅! 쾅! 쾅! 쾅!

대진의 말이 끝나기도 전에 제2함대의 함포가 과감하게 포격을 감행했다.

그렇게 쏘아진 함포는 프랑스 수송선단에는 미치지 못했으나 효과는 확실했다.

기동하려던 프랑스 수송선단이 제2함대의 포격에 곧바로 반응했다.

처음 이들이 제2함대를 발견했을 때만 해도 양측의 거리는 20여 킬로미터였다. 그러나 프랑스 수송함대가 우왕좌왕하면서 주춤하는 사이 양측의 거리는 상당히 단축되었다.

그래서 재2함대가 쏜 포탄이 수송선단 가까이 떨어졌다. 그와 동시에 거대한 물기둥을 뿜어 올렸다.

네그리에 소장이 깜짝 놀랐다.

"이게 어떻게 된 상황이야. 저들이 누군데 다짜고짜 함포부터 쏘아 대는 거야? 그리고 무슨 함포가 이렇게 멀리 날아오는 거야?"

수송선 함장도 놀라 허둥대었다.

"이게 대체 어떻게 된 일입니까? 저 함대가 쏜 포탄이 이 주변까지 날아오다니요?"

"으으! 그러게 말이야. 이거 사거리가 10킬로미터 이상 되는 것 같아."

"큰일이군요. 이대로 기동하다가는 저들의 함포 사거리에 그대로 들어가 버리게 생겼습니다."

"우리 함포 사거리는 얼마나 되나?"

"우리 함포는 사거리가 3킬로미터 남짓입니다."

"으음!"

이때였다. 다가오던 조선 수군 제2함대에서 유리를 이용해 신호를 보내왔다.

신호를 본 함장이 깜짝 놀랐다.

"놀라운 일이군요. 저들이 프랑스어로 된 모스신호를 보

내왔습니다."

네그리에 소장도 놀랐다.

"뭐야! 저들이 누구인데 우리말로 신호를 보내?"

함장이 모스부호를 읽었다.

"……'우리는 조선군이다. 항복하라. 항복하지 않으면 모조리 수장시켜 버리겠다.'입니다."

네그리에 소장이 탄식했다.

"아! 역시 조선 해군이었구나."

함장이 몸이 달았다.

"소장님, 어떻게 하면 좋겠습니까? 이제는 도주하는 것도 어렵게 되어서 싸우든지 아니면 항복을 해야 합니다."

네그리에 소장이 고개를 저었다.

"항복이라니, 말도 안 되는 소리."

"그러면 항전을 해야 하는데 우리 함포의 성능으로는 저들과 맞서기가 어렵습니다. 더구나 조선 해군의 함정은 앞뒤로 10척이나 됩니다."

네그리에 소장은 결정을 못 했다.

수송선도 함포를 보유하고 있기는 하다. 그러나 고유의 기능 때문에 장착된 함포는 일반 전함에 비해 수량도, 구경도 훨씬 못 미쳤다.

당황한 프랑스 수송선단은 어떠한 결정도 내리지 못했다. 그사이 제2함대는 점점 더 다가와서는 프랑스 수송선단을 완전히 함포 사거리에 집어넣었다.

함장이 소리쳤다.

“소장님, 조선군이 다시 신호를 보내옵니다!”

“또 항복을 권유하는 건가?”

“그렇습니다.”

이때였다.

쾅! 쾅! 쾅! 쾅!

뒤에서 다가온 제2함대의 분대가 포격했다. 그렇게 쏜 포탄은 네그리에 소장이 탄 배를 훌쩍 넘어서 떨어졌다.

거대한 물기둥이 치솟았다.

펑! 펑! 펑! 펑!

위협사격이었다.

“아아!”

프랑스군도 이 포격이 위협사격이란 사실을 모르지 않았다. 그래서 함장이 탄식을 했으며 네그리에 소장도 잇새로 신음 소리를 냈다.

제2함대에서 다시 신호를 보냈다.

함장이 그 신호를 읽었다.

“마지막 경고다. 항복하지 않으면 1척씩 수장을 시켜 버리겠다.”

이때 누군가 소리쳤다.

“큰일 났습니다! 조선 해군의 모든 함포가 우리를 향해 포

신을 돌리고 있습니다!"

함장과 네그리에 소장이 동시에 고개를 돌렸다. 그 말대로 조선 수군의 함포들이 자신들이 탄 배로 향하고 있었다.

함장이 소리쳤다.

"소장님, 더 이상 시간이 없습니다! 이제는 결정을 내려야 할 때입니다!"

네그리에 소장은 쉽사리 입이 떨어지지가 않았다. 그러나 자신이 결정을 하지 않으면 수많은 목숨들이 생으로 죽게 생겼다.

"……백기를 내걸게."

함장이 소리쳤다.

"백기를 올리도록 하라!"

네그리에 소장이 탄 배에서 백기가 올라왔다. 그러자 상황을 보고 있던 다른 배들도 연이어 백기를 내걸었다.

대진이 백기를 보고서 소리쳤다.

"프랑스 수송선단이 항복했다!"

갑판의 조선군이 함성을 질렀다.

"와!"

"만세!"

"이겼다!"

특전팀장의 목소리가 높아졌다.

"대단합니다. 불과 8발의 경고만으로 얻은 승리입니다."

대진도 동조했다.

"그러게 말이야. 이런 해전은 역사 이래 단 한 번도 없었을 거야."

"하하하! 대단합니다. 정말 대단합니다."

제2함대 사령관 김규식 제독은 기뻤다.

제2함대의 첫 출정에서 위협사격만으로 얻은 승리는 너무도 값졌다. 프랑스 수송선단에서 백기가 올라오자 모든 승조원들이 만세를 불렀다.

김규식도 당연히 환호했다.

그러나 그 와중에도 수습하는 것을 잊지 않았다.

"참모장! 병력을 보내 적선을 접수하라!"

함대참모장이 직접 나섰다.

"제가 통역관을 대동하고 다녀오겠습니다."

"그렇게 하라!"

기함에서 2척의 보트가 내려졌으며 다른 함정에서도 속속 보트가 내려졌다. 그렇게 내려진 보트에는 10여 명씩 병력이 타고 있었다.

내려진 보트가 프랑스 수송선단으로 다가갔다. 조선 수군의 보트가 다가오자 네그리에 소장이 지시했다.

"함장! 사다리를 내리도록 하게."

함장이 굳은 표정으로 대답했다.

"알겠습니다."

2함대 참모장이 내려진 사다리를 타고 갑판으로 올라갔다. 그런 참모장을 호위하기 위한 장병들도 따라 올라갔다.

갑판에 오른 참모장이 자세를 바로 했다. 그러자 네그리에 소장과 프랑스 지휘관들도 자세를 갖췄다.

참모장이 다가갔다.

네그리에 소장이 한발 앞으로 나왔다.

"나는 프랑스 코친차이나 해군사단 1여단장 프랑수아 드 네그리에 소장입니다. 나와 우리 여단 병력 전부, 그리고 수송선단의 승조원 전부는 귀국에 항복을 청원합니다. 우리 항복을 받아 주겠습니까?"

참모장이 대답했다.

"나는 조선 수군 제2함대 참모장 박인철 대령입니다. 우리 함대 사령관님을 대신해 그대의 항복을 정중히 받아들입니다."

"감사합니다."

네그리에 소장은 프랑스 국기와 여단 깃발을 차례로 건넸다. 박인철 대령이 정중히 두 깃발을 받으며 약속했다.

"잘 보관했다가 돌아가실 때 돌려드리겠습니다."

"부탁드립니다."

네그리에 소장이 한발 물러서서 경례했다. 박인철도 한발 물러서서 답례했다.

네그리에 소장이 질문했다.

"지금 즉시 무장해제를 해야 할까요?"

"소장님의 명예를 믿겠으니 선상에서는 알아서 무기를 관리하도록 하십시오. 그러나 하선할 때는 전부 무장을 해제해야 합니다."

"감사합니다."

박인철이 지시했다.

"마스트에 우리 국기를 게양하도록 하라."

"예, 알겠습니다."

병사가 가져온 깃발을 내걸었다. 그것을 확인한 제2함대 기함에서 수고했다는 신호를 보냈다.

잠시 후.

제2함대에서 신호를 보내왔다.

참모장이 프랑스 함장에게 지시했다.

"저 함정을 따라 항해하면 됩니다."

"알겠습니다."

제2함대가 천천히 선회했다. 그러고는 기수를 동쪽으로 해서 항해를 시작했다.

그런 함대를 프랑스 수송선단이 천천히 따랐다. 그런 선단을 프랑스 극동함대의 함정들도 차례로 뒤를 따르기 시작했다.

제주 인근 해역에서 출발한 선단은 다음 날 거제도의 옥포에 도착했다. 옥포에는 대형 조선소가 조성되고 있어서 병력을 운용하기 쉬웠다.

참모장이 네그리에 소장을 바라봤다.

"병력을 직접 지휘하시겠습니까?"

네그리에 소장이 고마워했다.

"감사합니다."

그가 지시했다.

"모든 무장을 해제하고서 하선하라!"

네그리에의 외침을 들은 프랑스 병사들은 자신들의 개인 화기를 갑판에 내려놓고서 하선했다. 그렇게 하선한 프랑스 병사들은 조선군의 지시에 따라 포로수용소를 건설했다.

건물은 프랑스 병사들이 가져온 군용 천막으로 대체했다. 그러고는 조선군이 준비해 놓은 철조망으로 수용소의 경계를 정했다.

프랑스 병사들은 철조망이 처음이었다. 그래서 처음에는 신기해하다가 가시의 위험함을 알고는 이내 관심을 거뒀다.

특전대와 수색대가 사용한 수면 가스의 후유증이 상당했다. 그 바람에 프랑스 극동함대 승조원 중 상당수가 한동안 정신을 차리지 못했다.

며칠 후.

대진이 쿠르베 제독과 면담했다.

대진이 그의 건강부터 확인했다.

"몸은 괜찮습니까?"

쿠르베 제독이 씁쓸한 표정을 지었다.

"이제 많이 좋아졌습니다."

"다행이군요."

"그런데 대체 어떻게 된 일입니까? 이곳은 어디며 우리가 왜 이곳까지 오게 된 것입니까?"

대진이 설명했다.

"며칠 전 밤, 모두가 잠든 틈을 이용해 우리 조선군 병력이 프랑스 함대로 침투했습니다. 그래서 제독님을 포함한 모든 승조원들을 본국이 개발한 수면 가스로 잠을 재우고 배를 장악했지요. 이곳은 조선의 거제도란 섬이고요."

쿠르베 제독이 확인했다.

"우리 함대 모두 나포되었단 말입니까?"

"그렇습니다. 극동함대는 예외 없이 전부 나포되었습니다. 그리고 수송선단의 병력은 우리 제2함대를 보고서 항복했고요."

쿠르베 제독이 탄식했다.

"아아! 믿을 수가 없구나. 어떻게 밤사이에 모조리 나포될 수 있단 말인가!"

대진이 따끔히 지적했다.

"우리 조선을 너무 무시한 탓입니다. 어떻게 된 사람들이 전쟁을 치르러 오면서 매일 갑판에서 연회를 엽니까?"

쿠르베 제독의 눈이 커졌다.

"우리가 연회를 연 사실을 어떻게 압니까?"

"우리는 프랑스 함대가 붕타우에 입항했을 때부터 계속 주시해 왔습니다. 그러니 갑판에서 무슨 일이 벌어졌는지도 당연히 알고 있지요."

"바다에서 벌인 일인데도요?"

"바다가 무에 대수입니까? 우리는 하려고 마음만 먹는다면 어디라도 감시할 수 있습니다."

"아아!"

대진의 지적이 계속되었다.

"전쟁을 치르려고 출정한 프랑스 함대는 놀랍게도 등화관제도 하지 않더군요. 더구나 경계근무도 서지 않고요. 그래서 때를 기다렸다가 침투한 것입니다. 그 덕에 단 한 명의 병력 손실도 없이 극동함대 14척을 모조리 장악했던 것이지요."

"아아!"

쿠르베 제독이 연신 탄식했다.

그러나 일은 이미 벌어지고 난 뒤였다.

"……우리를 어떻게 할 것입니까?"

"그건 귀국 정부가 결정해야 하겠지요."

쿠르베 제독이 놀랐다.

"우리 정부가 결정을 한다고요?"

"그렇습니다. 제독께서는 우리 조선과 프랑스의 불편한

관계를 알고 계실 겁니다. 아! 맞아. 그 때문에 이런 일이 벌어졌으니 누구보다 잘 알고 있겠군요. 맞습니까?"

쿠르베 제독이 인정했다.

"그렇습니다."

대진이 강조했다.

"우리의 요구 조건은 똑같습니다. 지난 1866년 프랑스는 우리 조선을 일방적으로 침략했습니다. 그러고는 수백여 명의 무고한 우리 국민을 무차별적으로 살상했지요. 아울러 강화도 성과 많은 건물을 불태웠으며 우리의 귀중한 기록 유물을 약탈해 갔지요. 열아홉 상자의 은괴도 함께요. 우리 조선은 그런 잘못에 대한 프랑스의 공식적인 사과와 배상을 요구합니다."

쿠르베 제독이 항변하려 했다.

그것을 본 대진이 손을 들었다.

"아! 이제는 조건이 더 추가되었네요. 이번에 선전포고도 하지 않고 침략을 감행한 일에 대한 사과와 배상도 함께해야 합니다. 그런 조건이 갖춰지면 여러분은 풀려나게 될 것입니다. 그리고 그때까지 바로 앞바다에서 진행되는 항만 공사 현장에서 노역하게 될 것이고요."

"포로를 노역시킨다는 말입니까?"

"당연하지요. 아무 일도 하지 않는 포로를 먹여 주고 재워 줄 수는 없지요."

"으음!"

"제독께서는 이와 같은 상황을 본국에 알리는 편지를 써 주셔야겠습니다. 그래야 그 편지를 바탕으로 프랑스와 협상할 수 있으니까요."

쿠르베 제독의 얼굴이 붉어졌다.

대진이 그의 마음을 읽었다.

"무척이나 치욕스러우실 겁니다. 그러나 제독께서 꼭 그리해 주어야 합니다. 그래야 그것을 갖고 귀국 정부와 협상할 수 있습니다."

쿠르베 제독도 그 사실을 모르지 않았다.

그러나 그는 하찮게 여기던 조선군에 잡혔다는 사실이 아직도 믿기지가 않았다. 더 믿기 어려운 사실은 제대로 싸워 보지도 못하고 잡혔다는 것이었다.

이런 마음을 읽은 대진이 기다려 주었다. 한동안 말이 없던 쿠르베 제독이 한숨을 내쉬었다.

"후! 알겠소이다. 최고 지휘관인 내가 지금 상황을 본국에 알리는 것이 맞겠지요."

"그렇습니다. 귀국 정부가 빨리 결정을 내리기 위해서라도 제독님의 친서가 가장 필요합니다."

"알겠소이다. 그러면 펜을 주시오."

대진이 준비한 펜을 내밀었다.

쿠르베 제독은 펜을 들고 한동안 마음을 가다듬었다. 그렇게 마음을 정리한 그는 상황을 적어 나가기 시작했다.

잠시 후.

쿠르베 제독은 자신이 쓴 글을 정독했다. 그러고는 직접 날인까지 마치고서 대진에게 넘겨주었다.

"여기 있소이다."

대진이 정중히 받았다.

"감사합니다."

쿠르베 제독의 글을 받아 든 대진은 10여 명의 프랑스 고위 지휘관들을 별도로 만났다. 그러고는 쿠르베 제독처럼 일일이 편지를 받아 내서 챙겼다.

그런 대진은 프랑스의 명령서와 확인서를 비롯한 서류를 모두 챙기고서 한양으로 올라갔다. 그러고는 운현궁을 거쳐 입궐해서 국왕을 알현했다.

보고를 받은 국왕은 파안대소했다.

"하하하! 참으로 통쾌하고 시원합니다. 이 특보의 말을 들으니 그동안 답답했던 체증이 일거에 내려갔습니다."

대원군도 덩달아 기뻐했다.

"그렇소이다. 이번 승리는 우리 조선의 크나큰 경사예요. 이로써 지난 병인년에 생겨났던 묵은 원한을 씻어 낼 수 있게 되었어요. 아울러 외규장각의 귀중한 도서도 돌려받을 수 있게 되었고요."

국왕이 대진을 바라봤다.

6장

"이 특보의 향후 일정이 어떻게 되지요?"

"우선은 천진으로 넘어가려고 합니다. 그래서 승전한 상황을 대대적으로 소문낼 것입니다."

"오! 소문부터 낸다? 그럴 이유가 있소?"

"그래야 우리의 위상을 제대로 알릴 수 있기 때문입니다. 지금 천진에는 상해에서 올라온 소문으로 프랑스가 대규모 함대를 동원했다는 사실이 널리 퍼져 있을 것입니다. 청국도 당연히 그와 같은 사실을 알고 있을 것이고요."

국왕이 대번에 알아들었다.

"청국이 혹시 품고 있을지 모를 기대감을 무너트리겠다는 거로군요."

대진이 고개를 끄덕였다.

“그렇습니다. 청국은 상해를 통해 프랑스 극동함대의 움직임을 감지했을 것입니다. 그래서 혹시나 하는 기대감을 분명 갖고 있을 것이고요. 그런 기대감을 완전히 무너트려야 합니다. 그러면 청국이 우리와의 종전 협상을 본격적으로 생각하게 될 가능성이 높습니다.”

“벌써 5월 중순인데도 청국은 병력을 기동하지 않고 있어요. 그렇다는 건 청국도 종전 협상을 염두에 두고 있다고 봐야겠지요?”

대진이 동의했다.

“그럴 것입니다. 청국의 이홍장은 나름대로 군문에 밝은 인물입니다. 그런 이홍장이니 자신들만으로는 우리를 몰아내기 어렵다는 사실을 누구보다 잘 알고 있을 것입니다.”

대원군이 나섰다.

“우리가 북방만을 수복하려 한다는 사실도 눈치채고 있겠지?”

“당연히 그럴 것입니다. 그러기 때문에 이번 승리가 알려지게 되면 분명 가만있지 않을 것입니다.”

“그랬으면 좋겠어. 북벌을 시작한 지 1년여가 되어 가고 있으니 이제는 돌아올 때가 되었어.”

대진도 동조했다.

“맞습니다. 되도록 금년 내로 정리하는 것이 최상입니다.”

“그래, 아무리 물자가 풍부하다고해도 대륙에서 너무 오

래 주둔하는 것은 좋지가 않아."

국왕이 확인했다.

"자금성을 정리하는 문제는 잘되어 가고 있지요?"

"그렇습니다. 올 연말이면 자금성은 물론 황성의 왕부와 별궁은 대부분 껍질만 남게 될 것입니다."

국왕이 파안대소했다.

"하하하! 그런 자금성을 보고 놀랄 서태후를 생각하니 절로 웃음이 나네요."

대원군도 크게 웃었다.

"허허허! 표정이 아주 볼만하겠어."

국왕과 대원군이 동시에 크게 웃었다. 그런 두 사람은 얼굴 어디에도 어두운 기색이 없었다.

대진은 한양에서 며칠을 보냈다.

그러고는 제물포로 내려가 배를 타고 천진으로 넘어갔다.

조선군이 점령한 지 1년이 다 되어 가는 천진은 너무도 평온했다.

천진에는 해병대가 주둔하고 있었다.

대진은 천진의 중심부에 있는 주둔군사령부를 찾았다. 천진주둔군 사령관은 해병2사단장 김정식 소장이었다.

"충성, 오랜만에 뵙습니다."

김정식이 반갑게 답례했다.

"오! 어서 와, 이 특보."

"해전 보고는 받으셨지요?"

"그래, 우리가 대승을 했다면서?"

"예, 그렇습니다."

대진이 해전 상황을 설명했다.

김정식이 호탕하게 웃었다.

"하하하! 대승이 아니라 완벽한 승리였구나."

"맞습니다. 아군의 사상자는 한 명도 없고, 함포 10여 발로 완전히 제압한 승리입니다."

"이야, 말만 들어서 심장이 뛴다."

두 사람은 한동안 해전을 주제로 대화를 나누었다. 그러다 말미에 김정식이 질문했다.

"바로 북경으로 넘어갈 건가?"

"아닙니다. 이곳에서 해야 할 일이 많습니다."

대진이 상황을 설명했다.

김정식이 크게 고개를 끄덕였다.

"그런 일이라면 무조건 해야지. 그런데 프랑스공사관으로 직접 찾아가지를 않고 영국공사를 중간에 개입시킬 필요가 있나?"

"제가 직접 가면 지난번의 일도 있고 해서 감정싸움이 크게 일어날 수가 있습니다. 그래서 그와 가까운 영국공사에게 중재를 부탁하려는 겁니다."

"그런 생각이라면 어쩔 수가 없지."

대진이 일어났다.

"그러면 저는 영국공사를 만나고 오겠습니다."

"다녀오게."

김정식이 부관을 불렀다.

"이 특보는 중요한 사람이다. 그러니 초급무관과 병사 3명을 붙여 주도록 해."

"예, 알겠습니다."

대진이 병사들의 경호를 받으며 영국공사관을 찾았다. 대진을 본 영국공사 토마스 웨이드가 호들갑을 떨었다.

"아니, 이 시기에 이 특보가 어인 일이시오?"

"공사님께 부탁드릴 일이 있어서요."

토마스 웨이드의 안색이 어두워졌다.

"혹시, 조선이 프랑스와의 전쟁에서 패했소?"

대진이 크게 웃었다.

"하하하! 왜 그런 생각을 하신 겁니까?"

토마스 웨이드가 당황했다.

"이 특보가 갑자기 찾아와서 부탁할 일이 있다고 하니 그렇지요."

"그렇지 않습니다. 프랑스와의 해전에서 우리가 프랑스 극동함대를 모조리 나포하는 압승을 거뒀습니다."

토마스 웨이드의 눈이 커졌다.

"14척이나 되는 함대를 모조리 나포했다니, 그게 정녕 사실이오?"

"물론입니다. 그뿐만이 아니라 코친차이나 해군사단 1여단 병력을 수송하는 수송선단의 항복도 받았습니다. 그래서 그 병력을 본국의 모처에 수용해 놓고 오는 중입니다."

토마스 웨이드가 고개를 저었다.

"아아! 믿을 수가 없군요. 상대 함정을 격침시키는 것은 화력만 크게 앞선다면 어렵지 않습니다. 그러나 나포를 하는 것은 전혀 다른 문제예요. 대체 조선의 해군력이 어느 정도이기에 그 많은 함정을 나포할 수 있단 말입니까?"

대진은 설명을 하지 않았다. 그 대신 가져온 서류를 내밀었다.

"이 문서는 프랑스 극동함대의 명령서이지요. 이 편지는 극동함대 사령관인 아메데 쿠르베 제독의 자필 확인서입니다. 그리고 이 편지는 코친차이나 해군사단의 1여단장인 프랑수아 드 네그리에 소장의 확인서, 그리고 나머지 서류는 각 함의 함장들의 확인서입니다."

대진이 서류를 넘기며 확인시켜 주었다. 함께 서류를 확인하던 토마스 웨이드가 고개를 저었다.

"직접 보고도 믿을 수가 없는 일이군요. 실로 놀라운 일이에요. 이건 우리 영국도 쉽게 달성하지 못하는 전과입니다."

그가 대진을 바라봤다.

"귀국 해군의 전투력이 놀랍기 짝이 없군요. 대체 얼마나 많은 전함을 투입했기에 그 많은 함정을 모조리 나포할 수 있는 겁니까?"

대진이 고개를 저었다.

"미안하지만 자세한 작전을 말씀드릴 수는 없습니다. 하지만 아군의 피해는 전무했다는 사실은 말씀드릴 수가 있겠네요."

"허허! 그거 참."

대진이 부탁했다.

"저와 프랑스공사와는 사이가 좋지 않습니다. 그래서 공사님께서 이번 협상을 중재해 주셨으면 합니다."

토마스 웨이드가 흔쾌히 승낙했다.

"이런 중재는 언제라도 환영입니다. 제가 나서서 좋은 결과를 얻게 해 드리지요."

"감사합니다."

"그러면 무엇을 어떻게 중재하면 되겠습니까?"

"직접적인 협상은 제가 프랑스공사와 해야겠지요. 웨이드 공사님께서는 프랑스공사에게 우리가 승리했다는 소식과 함께 이 서류들만 전해 주셨으면 합니다."

"만남만 중재해 주면 된다는 거로군요."

대진이 분석했다.

"그렇습니다. 프랑스공사의 자존심이 상당하더군요. 그

자존심 때문에 이번 전쟁이 벌어지게 된 것이고요. 그러나 아무리 프랑스공사가 자존심이 강하다 해도 1만여 명의 목숨을 도외시하지는 않을 것입니다."

토마스 웨이드 공사가 바로 대답했다.

"당연하지요. 다른 사람들도 아닌 전쟁포로입니다. 전쟁포로를 허투루 대우한다면 어느 누가 프랑스를 위해 싸우려 하겠습니까?"

대진도 적극 동조했다.

"맞는 말씀입니다. 그리고 청국에서도 상해를 통해 프랑스 극동함대에 대해 알고 있을 것입니다. 그러니 우리가 대승을 거뒀다는 소식을 듣는다면 분명 어떤 움직임을 보일 것입니다."

토마스 웨이드는 오랫동안 극동 지역에서 외교관을 역임해 왔다. 그래서 청나라의 내부 사정에 대해 누구보다 정통했다.

토마스 웨이드가 고개를 끄덕였다.

"무슨 말씀인지 알겠습니다. 이번에 프랑스가 패전했다는 사실이 알려지면 분명 상해를 통해 우리에게 접촉해 올 것입니다. 귀국과 벌이고 있는 종전을 중재해 달라고요."

"저도 그렇게 예상합니다."

"알겠습니다. 그렇게 되기 위해서라도 소문이 확실하게 나야겠군요."

“예, 그래서 사람을 풀어 소문을 크게 내려고 합니다.”

“하하하! 우리도 사람을 풀어 소문을 내지요.”

대진이 자리에서 일어났다.

“그러면 저는 공사님만 믿고 돌아가 보겠습니다.”

“어디 계실 겁니까?”

“2~3일은 천진에 있다가 북경으로 올라갈 것입니다.”

“알겠습니다. 프랑스공사를 만나고 나서 연락이 오면 바로 알려 드리지요.”

“기다리고 있겠습니다.”

이날 오후부터 프랑스가 패전했다는 소식이 천진 일대를 뒤덮었다. 발보다 빠른 것이 사람의 입이라는 말처럼 소문은 급속하게 번져 나갔다.

더구나 대진이 작정하고 낸 소문이어서 이날 바로 프랑스공사에게도 전달되었다. 그러나 프랑스공사는 이 소문을 믿으려 하지 않았다.

다음 날.

토마스 웨이드 공사가 프랑스공사관을 찾았다. 좀처럼 찾아오지 않는 영국공사의 방문에 부레 공사가 놀라워했다.

“아이고, 이게 어인 일입니까? 웨이드 공사께서 우리 공사관을 방문해 주시고요.”

“오늘은 공사님께 드릴 말씀이 있어서 찾아뵈었습니다.”

"그래요? 우선 앉으시지요."

웨이드가 자리에 앉자 홍차가 나왔다.

토마스 웨이드 공사와 잠시 이런저런 한담을 나누던 부레 공사는 먼저 본론으로 들어갔다.

"그래, 무슨 볼일이 있으신 건지요?"

"부레 공사께서는 소문을 들으셨습니까?"

대번에 무슨 뜻인지 알아들은 부레 공사가 와락 인상을 썼다.

"그거 전부 헛소문입니다. 우리 프랑스가 어떤 나라인데, 조선에게 질 까닭이 없습니다."

웨이드 공사가 고개를 저었다.

"아닙니다. 안타깝지만 그 소문은 사실입니다."

부레 공사가 크게 화를 냈다.

"무슨 말씀을 하시는 겁니까? 지금 우리 프랑스가 패전했다고 말하는 겁니까?"

"그렇습니다."

"이거 아주 불쾌하군요. 기껏 찾아와서 한다는 말이 헛된 소문이 사실이라고 호도하는 겁니까? 말도 안 되는 소리는 하지 마십시오."

웨이드 공사가 가져온 서류를 내밀었다.

"우선 이 서류부터 확인을 해 보시지요."

처음에는 갖잖다는 표정을 짓고 있었던 부레 공사였다. 그러나 서류를 보자마자 안색이 하얗게 변하면서 고개를 들었다.

"이 서류는 어디서 얻은 것입니까?"

웨이드 공사가 반문했다.

"그 서류가 프랑스 극동함대의 출동 명령서가 맞지요?"

"그렇습니다만 이 서류를 대체 어디서 구한 것입니까?"

웨이드 공사는 또 대답을 하지 않았다. 그 대신 손으로 부레 공사에게 권했다.

"우선은 다음 서류를 확인해 보시지요."

부레 공사가 급히 다음 장을 넘겼다. 그러고는 서류를 읽어 내려가다 크게 소리쳤다.

"이, 이게 정녕 사실입니까?"

"저는 프랑스어를 잘 모릅니다. 하지만 그 편지가 프랑스 극동함대 사령관인 아메데 쿠르베 제독의 확인서라는 것 정도는 읽을 수가 있지요. 제가 제대로 본 것이지요?"

"……맞습니다. 아메데 쿠르베 제독의 친서가 맞습니다."

"그러면 다음 장도 확인해 보세요."

부레 공사가 다음 장을 확인했다. 그리고 급히 다음 장과 다음 장을 읽어 나갔으며, 그런 부레 공사의 안색은 시간이 지날수록 더 하얗게 변했다.

"……."

웨이드 공사가 확인했다.

"이제 제 말이 사실이라는 걸 믿으시겠습니까?"

부레 공사는 눈을 감았다. 한동안 그렇게 있던 그가 눈을 번쩍 뜨며 웨이드 공사를 노려봤다.

“이 문서들을 어디서 구한 것입니까?”

“어제 조선 왕실 특별보좌관이 우리 공사관을 찾아왔습니다. 이 서류와 문서는 그 사람에게서 받은 것이고요.”

“아아!”

부레 공사가 장탄식을 했다. 그는 두 손으로 머리를 부여잡고는 한동안 고통스러워했다.

그러던 그가 질문했다.

“웨이드 공사, 상황이 어떻게 된 것인지 말씀해 주실 수 있겠습니까?”

웨이드 공사는 대진에게서 들은 내용을 보태지도, 빼지도 않고 전해 주었다. 그 말을 들은 부레 공사는 다시 한동안 말을 못 했다.

그가 한숨을 내쉬었다.

“하! 소문이 사실이었군요.”

웨이드 공사가 위로했다.

“안타깝게 되었습니다. 그리고 저도 조선 왕실 특보의 설명을 듣고 얼마나 놀랐는지 모릅니다.”

부레 공사가 고개를 저었다.

“말씀을 들었지만 믿을 수가 없습니다. 우리 프랑스의 해군력은 귀국과 견주어도 결코 뒤떨어지지 않는다고 자부합니다. 그런 우리 프랑스 극동함대가 모조리 나포되다니요.”

"소식을 전하는 저도 믿기지가 않습니다. 그러나 확인서에서 보듯이 모두 나포되어 수용되어 있는 것만은 분명한 것 같습니다."

부레 공사가 자리에서 벌떡 일어났다. 그는 소파 주변을 서성이면서 좀처럼 마음을 진정시키지 못했다.

"있을 수가 없는 일이야. 어떻게 이런 일이. 해전에서는 모든 함정이 격침되는 것도 어려운데 어떻게 전부 나포될 수 있단 말인가?"

웨이드 공사가 그를 위로했다.

"믿기 어렵다는 말씀을 백번 이해합니다. 그러나 이 서류를 보면 현실이 분명합니다. 그러니 공사께서 냉정하게 상황을 주시하는 것이 좋겠습니다."

부레 공사가 한동안 말을 못 했다.

그러던 그가 부탁했다.

"조선 왕실의 특별보좌관을 만나 보고 싶군요. 어떻게, 그를 만나 볼 수가 있겠습니까?"

"물론입니다. 지금 천진의 조선군사령부에 머무르고 있는 것으로 압니다."

부레 공사가 양해를 구했다.

"지금 당장 그를 만나 봐야겠습니다. 모처럼 웨이드 공사께서 방문하셨는데 자리를 비워야 할 것 같습니다."

웨이드 공사가 일어났다.

"아닙니다. 저도 할 말은 다 했으니 이만 돌아가겠습니다."

웨이드 공사가 돌아가자 부레 공사는 마차를 준비시켰다. 그러고는 조선군주둔사령부로 가서는 대진과 마주 앉았다.

부레 공사는 확인부터 했다.

"이 서류들이 모두 사실입니까?"

대진이 어깨를 으쓱했다.

"그건 공사께서 더 잘 알고 계시지 않습니까?"

부레 공사가 장탄식을 했다.

"하아! 그러면 누가 이 서류를 받은 것입니까?"

"제가 직접 쿠르베 제독과 네그리에 소장 등에게서 받았습니다."

"그렇습니까?"

"예, 그러니 믿으셔도 됩니다. 그리고 귀국 정부가 발행한 정식명령서는 진본이라는 것을 공사께서 더 잘 아시지 않습니까?"

"으음! 그렇기는 합니다. 지금 포로들은 어디에 수용되어 있습니까?"

"본국의 여러 섬 중 한 곳에 수용되어 있습니다."

"미안하지만 직접 확인해 보고 싶은데, 가능하겠습니까?"

자신의 말을 좀처럼 믿지 못하는 부레 공사의 반응이 대진은 불쾌했다. 그러나 달리 생각하니 부레 공사의 심정이 이해가 되었다.

'그래, 기분이 나쁘지만 좋게 생각하자. 저 사람도 오죽 답답했으면 이런 말을 할까. 그리고 직접 확인하는 것도 우리에게는 나쁘지 않아.'

대진은 고개를 끄덕였다.

"좋습니다. 그렇게 하시지요. 대신 포로들이 먹을 한 달분의 식량을 마련해서 찾아가 보도록 하시지요."

부레 공사의 입장에서는 찬밥 더운밥 가릴 상황이 아니었다.

"좋습니다. 우선은 본국 정부에 보고해야 하니 며칠 말미를 주십시오."

"그렇게 하십시오."

대진에게 약속을 받아 낸 부레 공사는 바로 공사관으로 돌아왔다. 그러고는 본국 정부로 긴급 전문을 타전했다.

프랑스 정부가 발칵 뒤집혀졌다.

프랑스 정부는 자신들이 진다는 생각은 조금도 하지 않았다. 오히려 조선을 강하게 밀어붙인 것이 알려져 지탄받지나 않을지 우려하고 있었다.

그런데 패전을 했다고 한다. 그것도 모든 함정이 전부 나포되었다는, 믿을 수 없는 패전이라는 보고에 망연자실했다.

쥘 페리 총리는 긴급 장관 회의를 소집했다. 그러고는 부레 공사가 요청한 포로 방문 계획을 승인했다.

다음 날.

부레 공사가 프랑스 상인을 찾았다.

프랑스공사관에는 많은 자금이 비축되어 있지 않았다. 그래서 프랑스 상인의 도움과 보증을 받아 식료품을 구매해야만 했다.

1만여 명의 포로가 1개월간 먹을 물량은 상당해서 구매하는데 며칠이 걸렸다. 그러는 동안 배를 수배했으며 다행히 조선을 왕래하는 수송선 2척에 구매 물품을 선적할 수 있었다.

대진이 부레 공사와 함께 승선했다. 그러고는 사흘 만에 거제도 옥포로 내려갔다.

부레 공사가 쿠르베 제독을 면담했다.

"이게 대체 어떻게 된 일입니까?"

쿠르베 제독이 고개를 숙였다.

"면목이 없습니다. 우리도 자다가 당한 바람에 솔직히 어떻게 된 상황인지를 알 수가 없습니다."

부레 공사가 어이없어했다.

"자다가 당했다고요?"

"부끄럽지만 그렇습니다."

"하아!"

부레 공사가 머리를 움켜쥐었다. 그런 모습을 바라보는 쿠르베 제독이 씁쓸한 표정을 지었다.

부레 공사가 확인했다.

"……혹독한 대우를 받고 있지는 않고요?"

"그렇지는 않습니다. 매일 노역장에서 일은 하고 있지만 가혹 행위는 없습니다. 그리고 수용소 내에서는 별다른 제재도 가하지 않습니다."

"그나마 다행이군요."

부레 공사는 숫자를 확인하고는 놀랐다.

"희생자가 거의 없다고요?"

"그렇습니다."

"들을수록 놀라운 일뿐이군요. 자다가 당했다는 말도 이해가 되지 않는데 희생자가 거의 발생하지 않다니요."

쿠르베 제독이 주저하다가 말했다.

"……이런 말을 하기는 싫지만, 저들은 침투했음에도 쓸데없는 인명피해를 최소화했습니다. 그건 조선군의 능력이 그만큼 뛰어나다는 의미겠지요."

부레 공사도 고개를 끄덕였다.

"그런 것 같네요. 인정하고 싶지 않지만 제독의 말씀을 들어 보니 그러네요."

부레 공사는 뭔가를 더 알아보려고 이런저런 질문을 했다. 그러나 자다가 당한 입장의 쿠르베 제독으로선 해 줄 말이 별로 없었다.

부레 공사가 한숨을 내쉬었다.

"알겠습니다. 돌아가서 본국에 보고한 뒤 조선과 협상을 해야 할 것 같습니다. 그런데 조선의 요구 사항이 너무 많아서 협상이 제대로 진행될지 걱정입니다. 그러니 시간이 조금 걸리더라도 믿고 기다려 주시기 바랍니다. 혹시 저에게 부탁하실 말이라도 있습니까?"

"패장이 무슨 부탁을 하겠습니까? 그러나 협상이 너무 오래 진행되면 병사들이 문제를 일으킬 수도 있으니 그 점만은 신경을 써 주십시오."

"최선을 다하겠습니다."

부레 공사는 이어서 네그리에 소장과도 면담을 했다. 그렇게 포로들과 면담을 마친 부레 공사는 다시 천진으로 돌아왔다.

이제부터는 프랑스가 어떤 식으로든 결정을 내려야 했다.

그러나 대진은 그런 결정을 기다리지 않고 곧바로 북경으로 넘어갔다.

승전 소식은 이미 북경 전역에 알려져 있었다. 제주해전이 어떤 의미를 지니고 있는지 모르는 조선군은 아무도 없었다.

그리고 이번 승전으로 종전을 앞당길 수 있다는 기대감도 한껏 상승했다. 덕분에 승전한 지 꽤 시간이 지났음에도 북경은 거의 축제 분위기였다.

손인석이 웃으며 대진을 반겼다.

"하하하! 어서 와. 직접 참전하고 전후 처리를 마무리하느라 고생이 많았어."

"감사합니다."

"프랑스공사와 거제도에 다녀왔다면서?"

대진이 설명했다.

“예, 서류를 보고도 믿을 수가 없다고 해서요. 그래서 한 달분 식량을 받는 조건으로 천진을 다녀왔습니다.”

“한 달분이라면 매입 금액이 상당했을 터인데. 프랑스공사관에 그만한 자금이 있었나 봐?”

대진이 고개를 저었다.

“그렇지 않았습니다. 천진에 있는 프랑스조계의 상인이 보증을 서서 물건을 매입했습니다.”

“프랑스공사가 이 특보에게 제대로 코가 꿰었구나. 앞으로 포로들 식량을 대 주려면 허리가 휘겠어.”

“본래는 더 받아 내려고 했습니다. 그러나 협상이 쉽게 끝나지 않을 것 같아서 우선은 그냥 두었습니다.”

“매달 식량을 받아 내려고?”

“예, 그렇습니다.”

“노역을 시키지는 않나? 옥포에 대규모 조선소를 짓고 있으니 거기서 노역을 시키면 되잖아.”

“본래는 그렇게 하려고 옥포에 수용소를 만든 것입니다. 하지만 프랑스공사의 태도가 괘씸해서라도 식량을 받아 내려고 합니다.”

손인석이 고개를 끄덕였다.

“하긴, 이 시대에는 가혹 행위를 하지 않는 것만으로도 다행이기는 하지.”

"그렇습니다."

"프랑스가 어떻게 나올 것 같아?"

"프랑스는 자신들이 패전할 거라고는 조금도 생각지 않았을 겁니다. 그러기 때문에 프랑스 본국은 극심한 혼란에 휩싸여 있을 것입니다. 그런 혼란이 가라앉아야 협상을 시작할 거라고 예상됩니다."

"영국에 중재를 부탁했다고?"

"예, 청국과의 일도 있고 해서 일부러 영국공사에게 부탁을 했습니다."

손인석이 치하했다.

"잘했어. 청국도 프랑스 패전 소식을 들었으니 분명 상당한 혼란에 휩싸여 있을 거야."

"저도 그렇게 생각하고 있습니다. 우리의 패전을 기대하던 청국은 적잖은 충격을 받았을 것입니다. 그런 충격이 종전 협상에 큰 도움이 될 것이고요."

대진의 예상은 정확하게 적중했다.

프랑스 패전 소식은 천진을 통해 거꾸로 상해를 거쳐 남경으로 전달되었다. 그 바람에 청국은 패전 소식을 뒤늦게 받아 보게 되었다.

청국 조정은 발칵 뒤집혀졌다.

서태후가 놀라 목소리까지 떨렸다.

"아니, 북양대신. 이게 정녕 사실이오? 20척이나 되는 프랑스 대함대가 전멸을 하다니요. 조선 수군이 군사력이 그렇게나 강력하단 말입니까?"

이홍장이 두 손을 모았다.

"소인도 얼떨떨합니다. 육군이 강한 것은 알고 있었지만 수군까지 이토록 강할 줄은 몰랐습니다."

"허면 큰일이 아니오. 이곳 남경은 장강과 접해 있으니 조선 수군이 마음만 먹으면 여기까지 올 수 있지 않겠소이까?"

"그렇기는 합니다."

서태후가 탄식했다.

"하아! 이거 어쩌면 좋단 말인가? 언제 조선군이 쳐들어올지 모르는 상황이 되었구나. 이제는 잠도 제대로 자지 못하게 되었어."

심보정이 두 손을 모았다.

"폐하, 너무 성려하지 마십시오. 장강은 우리 남양군의 수군이 지키고 있습니다. 그렇기 때문에 조선군이 침략해 오면 바로 남경까지 올라오지 못합니다."

"하지만 남양 수군의 군사력이 너무 약한 것이 문제 아니오."

심보정이 두 손을 굳게 잡았다.

"폐하! 남양 수군의 군사력이 조금 부족한 것은 사실입니다. 그러나 병졸들의 열기만큼은 어디에도 뒤지지 않습니다. 만일 조선군이 쳐들어온다면 태후 폐하와 황실을 지키기 위해 육탄으로 방어할 것입니다."

공헌이도 나섰다.

"남양 수군이 장강을 지키고 있는 만큼 이곳 남경은 안전합니다. 그러니 너무 걱정하지 않으셔도 됩니다."

그때 군기대신 장지동이 나섰다.

"폐하! 아뢰옵기 송구하오나 이제는 결단을 해야 할 때가 된 듯합니다."

서태후가 고개를 갸웃했다.

"결단을 하다니, 무엇을 결단한다는 거요?"

"프랑스의 패전은 결코 가볍게 볼 사안이 아닙니다. 이번 패전으로 우리는 일말의 희망마저 없어졌다고 해도 과언이 아니고요."

모두의 안색이 어두워졌다.

장지동이 논리정연하게 설명했다.

"만일 조선 수군이 작정하고 덤벼든다면 어떻게 되겠습니까? 그러면 남양 수군이 있다고 해도 이곳 남경은 위험해질 수밖에 없습니다. 생각해 보십시오. 장강에서 이곳 남경으로 대대적인 포격을 하면 황실이 어떻게 견딜 수 있겠습니까?"

서태후의 안색이 더없이 해쓱해졌다.

장지동의 말이 이어졌다.

"그런 상황에 처하게 되면 또다시 천도를 해야 합니다. 그런데 문제는, 천도를 다시 하게 되면 지금까지 모병한 50만

병력이 자칫 무용지물이 될 수 있다는 겁니다."

"아!"

장지동이 두 손을 모았다.

"태후 폐하! 안타깝고 분통이 터지지만 이제는 현실을 직시할 필요가 있사옵니다."

이홍장이 나섰다.

"그렇습니다. 조선 수군이 프랑스에 압승하는 순간 우리의 남은 희망이 꺼졌다고 봐야 합니다. 그런 우리에게 남은 과제는 이번 전쟁을 최대한 무난히 수습해야 하는 일입니다."

서태후는 산전수전을 겪었다.

비록 권력욕에 취해 자식도 죽게 했으나 결코 어리석지는 않았다. 그래서 장지동과 이홍장이 무슨 의도로 이런 말을 하는지 모르지 않았다.

"북양대신께서는 조선과 종전 협상을 해야 한다고 보십니까?"

"지금으로선 그게 최선입니다. 그러지 않고 거병해서 병력을 북진시켰다가 무너진다면 후폭풍을 쉽게 감당하기가 어려워집니다."

장지동도 거들었다.

"옳은 말씀입니다. 전쟁이 벌어지고 벌써 1년이 지났습니다. 그럼에도 수습할 방도가 거의 없는 상황이고요. 그렇다고 징병한 병력을 동원한다면 나중에 더 큰 문제가 발생할 수 있습니다. 지금의 병력은 종전 이후 국정 안정에 꼭 필요합니다. 그러니 태후 폐하께서 결단해 주셨으면 하옵니다."

서태후가 대신들을 둘러봤다. 그런 대신들 중 누구도 종전은 안 된다며 나서는 사람이 없었다.

서태후가 한숨을 내쉬었다.

"후우! 결국 종전 협상을 할 수밖에 없다는 말이군요."

이홍장이 대답했다.

"안타깝지만 그게 최선이옵니다."

서태후도 듣는 귀가 있었다. 그래서 조선이 장성 이북과 직례 일대에 대한 주민 정책을 달리한다는 사실을 알고 있었다.

"조선은 분명 장성 이북을 가져가려 할 터인데, 그걸 용납해 주자는 말씀이오?"

공헌이가 두 손을 모았다.

"태후 폐하! 아뢰옵기 송구하오나 지금 시점은 취사선택을 해야 할 때입니다. 만주가 황실의 본향(本鄕)인 것은 분명한 사실입니다. 그러나 조선이 주장하는 대로 만주와 요동이 본래 조선의 고토인 점도 틀린 말은 아닙니다."

"그래서 버릴 것은 버리자는 거요?"

"송구하오나 그렇습니다. 조선이 바라는 것은 북방입니다. 그런 조선의 요구를 들어주지 않는다면 자칫 직례 일대까지 넘겨줘야 할 수가 있습니다. 더 나아가 황하 이북도 저들이 강점할 수도 있고요. 만일 그런 일이 발생한다면 대륙은 둘로 나뉘게 되옵니다."

서태후가 한숨을 쉬었다.

"하!"

이홍장이 나섰다.

"북방을 내준다고 해서 그게 끝이 아닙니다. 지금은 우리가 부족해서 내줄 수밖에 없습니다. 그러나 이제부터 와신상담해서 병력을 양성한다면 머잖아 다시 수복할 때가 올 것입니다."

서태후가 주먹을 움켜쥐었다.

"정녕 그런 때가 오기는 할까요?"

"물론이옵니다. 지금 추진하고 있는 양무운동을 적극적으로 활성화해서 군사력을 배양한다면 꼭 그런 날이 올 것입니다."

서태후가 눈을 감았다.

다른 때였다면 종전의 말도 꺼내지 못하게 할 그녀였다. 그러나 프랑스가 조선 수군에 압도적으로 패했다는 보고에 크게 흔들릴 수밖에 없었다.

고심하던 그녀가 눈을 떴다.

"조선이 내건 조건 중에는 과거의 일에 대한 배상과 사과도 있었소이다. 이 문제는 어떻게 해결하려 하시오?"

이홍장도 씁쓸한 표정을 지었다.

"안타깝지만 적당히 들어줄 것은 들어주어야 할 것 같습니다."

"후! 답답한 일이구나."

서태후가 손을 저었다.

"내가 그 문제를 심사숙고해 볼 터이니 그만들 물러나시오."

"예, 폐하."

이홍장은 인사하고는 전각을 나왔다. 그런 이홍장은 몇몇 대신들과 따로 자리했다.

이홍장이 한숨을 내쉬었다.

"후! 참으로 다행한 일입니다. 태후 폐하께서 드디어 마음을 고쳐먹었어요."

공헌이가 이의를 제기했다.

"아직 태후께서 승인하신 것은 아닙니다."

"말씀은 맞습니다. 하지만 태후께서도 어떤 상황인지 아시게 되었으니 결정은 시간문제일 뿐입니다."

장지동이 의혹을 제기했다.

"태후께서 혹시 변심하시지는 않겠지요?"

이홍장이 고개를 저었다.

"태후께서는 여인이지만 누구보다 정세에 밝은 분이오. 그런 분이 허투루 생각을 고쳐먹지는 않을 것이오."

공헌이가 궁금해했다.

"조선과의 협상은 어떻게 진행하실 겁니까?"

"우리가 먼저 나서면 조선의 요구가 터무니없이 높아질 수가 있습니다. 그런 부담을 갖지 않기 위해서는 서양 국가를 중재자로 내세우는 것이 좋을 듯합니다."

"서양이라면 프랑스는 곤란하겠고, 영국에 의뢰를 해야겠군요."

"지금으로선 그게 최선으로 보입니다."

"그런데 중재를 부탁하면 그걸 핑계로 우리에게 다른 요구를 할 수도 있지 않겠습니까? 영국과의 두 번째 전쟁에서 종전을 중재했던 러시아가 북만주와 연해주를 넘겨줘야 했지 않습니까."

이홍장도 모르지 않았다.

"그렇기는 합니다. 영국도 분명 무언가를 요구하겠지요. 하지만 영국은 다른 나라처럼 무지막지한 요구를 한 적이 없습니다. 물론 아편을 팔아먹기 위해 추한 전쟁을 두 번이나 일으켰지만 그래도 다른 서양 제국보다는 낫습니다."

장지동도 동조했다.

"영국은 서양 최강대국입니다. 종전 협상 중재와 같이 중요한 일은 영국에 맡기는 것이 좋을 듯합니다."

장지동까지 찬성하고 나섰다.

공헌이도 반대하지 않았다.

"알겠습니다. 그러면 태후 폐하께서 협상을 승인하시면 영국에 의뢰를 합시다."

"그렇게 하십시다."

서태후는 바로 결정하지 않았다.

그녀는 사흘이나 대신들을 불러서 대안을 모색하려 했다. 그러나 프랑스의 패전으로 더 이상 의지할 곳이 없어진 청국으로선 달리 방도가 없었다.

사흘째 되는 날.

서태후가 결국 승인했다.

"후! 알겠습니다. 그러면 북양대신이 나서서 조선과의 종전 문제를 처리해 주세요."

이홍장이 두 손을 모았다.

"황송합니다. 나라에 누가 되지 않도록 최선을 다하겠습니다."

"잘 부탁합니다."

드디어 서태후의 재가가 떨어졌다.

황궁을 나온 이홍장은 곧바로 상해로 특사를 파견했다. 상해에 도착한 특사는 공공조계에 있는 영국영사관을 방문했다.

그러고는 조선과의 종전 협상을 중재해 달라는 의뢰를 했다. 이러한 청국의 요청은 전신을 통해 곧바로 천진의 영국공사관으로 전해졌다.

토마스 웨이드는 즉각 움직였다. 그는 전신을 통해 북경의 대진에게 청국의 움직임을 전했다.

연락을 받은 대진은 바로 손인석을 찾았다. 그러고는 상황을 보고한 후 위임장을 받아서 천진으로 내려왔다.

토마스 웨이드가 환대했다.

"어서 오십시오."

대진이 앉으면서 본론을 꺼냈다.

"청국에서 중재 요청이 들어왔다고요?"

토마스 웨이드가 웃었다.

"하하하! 천천히 대화해도 되는데 바로 본론이 나오다니요. 이 특보께서 많이 급하셨나 봅니다."

대진이 머쓱한 표정을 지었다.

"1년을 기다렸던 일이어서 그런지 나도 모르게 마음이 앞서네요."

"그러시겠지요. 어떻게 보면 이번 협상을 위해 전쟁을 했던 것이나 다름없으니까요."

"그렇습니다. 그런데 청국의 다른 요구 사항은 없었습니까?"

토마스 웨이드가 고개를 저었다.

"없었습니다. 단지 우리에게 조선과의 종전 협상을 중재해 달라는 부탁이 전부였습니다."

"그랬군요. 그러면 공사님께서 직접 나서실 것입니까?"

"아무래도 그게 좋지 않겠습니까?"

"우리도 공사님이 나서 주시면 좋지요."

"알겠습니다. 그러면 어디서 만나는 것이 좋겠습니까? 제가 봤을 때는 상해의 공공조계가 좋을 것 같습니다만."

대진도 두말하지 않았다.

"공공조계면 저도 나쁘지 않다고 생각합니다. 청국도 남경에서 넘어오기가 쉬울 것이고요."

"일정은 언제로 잡으면 좋을까요?"

대진이 잠깐 생각했다.

"청국에도 연락해서 날을 잡아야 하니 이달 말일이면 좋겠습니다."

"알겠습니다. 그러면 6월 말일 공공조계의 우리 영사관에서 보는 것으로 연락하겠습니다."

"그렇게 하시지요."

6월 31일.

상해 공공조계 영국영사관.

2층으로 지어진 영사관의 특별 회의장에서 조선과 청국 대표들이 마주 앉았다. 그리고 중재를 맡은 토마스 웨이드가 양국의 중간에 자리했다.

드디어 이홍장과 마주 앉았다.

대진은 이홍장의 덩치가 자신보다 큰 것에 놀랐다. 그런데 장강 이남까지 밀렸음에도 너무도 태도가 당당해서 생경할 정도였다.

'대단하구나. 저 정도면 190은 되겠어. 그런데 저 태도는 대체 뭐야. 자신들이 종전을 요청했음에도 어떻게 저렇게 당당한 모습을 할 수 있는 거야.'

이홍장도 대진을 보고서 놀랐다.

'조선의 협상 대표가 뭐 저렇게 젊어? 그리고 덩치도 상당하고 얼굴까지 희어서 조선인 같지가 않네.'

두 사람이 탐색하듯 서로를 바라봤다. 그 바람에 회담장의 분위기가 잠시 어색해졌다.

토마스 웨이드가 입을 열었다.

"오늘은 지금까지 진행되고 있는 전쟁을 마무리하기 위해 모인 자리입니다. 그러니 허심탄회하게 서로의 의견을 개진해 주시기 바랍니다. 우선 서로 인사부터 주고받으시지요."

대진과 이홍장이 인사를 했다.

이홍장이 먼저 입을 열었다.

"조선은 무도하게 본국을 침략했습니다. 그래서 수많은 우리 병력을 살상하고 더 많은 우리 백성을 혼란으로 몰아넣었습니다. 더구나 지금은 황하 이북을 강점해서 본국에 엄청난 피해를 발생시키고 있습니다. 그러니 조선은 당장 본국에 주둔하고 있는 병력부터 철수해야 할 것입니다."

이홍장이 영어로 발언을 했다. 대진은 그의 유창한 발음에 내심 놀라면서 똑같이 영어로 말을 받았다.

"본국이 북벌을 단행한 단초는 귀국 흠차대신의 무도한 행위와 요구 때문입니다. 그리고 우리는 분명 귀국에 선전포고를 했으며 전쟁의 명분도 분명히 밝히고 출병했습니다."

대진은 서류를 꺼냈다. 그러고는 모두가 들을 수 있도록 분명하게 읽어 나갔다.

"본래 만주족은 여진족으로 우리 조선을 종주국으로 섬겨왔습니다. 그런 여진은 우리를 배신한 것이 첫 번째 죄입니다. 그리고 두 번의 호란을 일으켜 조선에 막대한 피해를 입힌 죄가 두 번째이지요. 그리고 50만 명의 포로를 강제로 압송해 가는 바람에 그분들에게 씻을 수 없는 한을 남겨 준 것이 세 번째 죄목입니다. 또한, 우리의 고토를 본국과 상의 없이 러시아로 넘겨준 것이 네 번째 죄목이고요. 마지막으로 우리의 선조 대왕으로 하여금 삼전도의 굴욕을 안겨 준 것이 다섯 번째 죄입니다."

대진이 서류를 덮었다. 그러고는 이홍장을 노려보며 분명하고 확실한 어조로 요구했다.

"우리는 이 다섯 가지 죄목이 모두 해결될 때까지 점령지에서 철수하거나 종전할 생각이 조금도 없습니다."

쾅!

이홍장이 탁자를 내리쳤다.

"말을 삼가시오. 우리 청나라가 지금은 비록 비세에 놓여 있지만 과거에는 조선을 멸망시키지 않은 은혜를 베풀어 주었소이다. 그래서 조선이 지금까지 본국에 신속을 해 올 수 있었던 것이고요. 그런데 이제 와서 과거의 죄목을 운운하면서 은혜를 원수로 갚으려 하다니요."

그 말에 대진이 크게 반발했다.

7장

대진이 강력하게 나갔다.

"지금 무슨 말씀을 하시는 겁니까? 청나라가 은혜를 베풀다니요? 청나라 태조의 선조들은 본래 본국에 충성을 맹세해 왔습니다. 그러다 병력이 많아지자 충성 맹세를 헌신짝처럼 버렸고요. 더구나 우리는 오래전부터 여진이 어려울 때마다 은혜를 베풀어 왔소이다. 그런데 그런 은혜를 무시하고 침략해 놓고 무슨 은혜 타령을 하는 것이오?"

이홍장은 당황했다.

이홍장이 청나라 관리인 것은 맞다.

그러나 그는 본디 안휘성의 합비(合肥) 출신으로 한족이다. 그랬기에 건국 초기 청나라와 조선의 관계에 대한 상세한 내용을 몰랐다.

이홍장이 헛기침을 했다.

“험! 험! 그렇다고 해도 조선이란 나라를 지켜 준 것은 사실이지 않습니까?”

대진이 안색을 굳혔다. 그러고는 이홍장을 바라봤다.

“지금 상황에서 더 이상의 지난 일을 따져 봐야 무슨 소용이 있겠습니까? 북양대신께서는 우리 병력이 산동으로 진출하고 있다는 점을 압니까?”

“……보고를 들어서 알고 있소이다.”

“우리는 본래 황하를 기준으로 병력을 더 이상 전개하지 않고 있었지요. 그렇게 한 까닭은 종전이 되었을 때를 생각해서였고요. 그러나 귀국은 그동안 어떠한 움직임도 보이지 않아왔지요. 그래서 본국은 황하를 넘어 산동을 장악한 뒤 황하와 회하(淮河)를 국경으로 삼을 계획을 갖고 있습니다.”

이홍장의 안색이 크게 변했다.

황하는 천정천(天井川)이어서 대규모 홍수가 발생하면 물줄기가 바뀐다. 회하는 산동의 아래로 흐르는 강으로 오랫동안 황하와 합해서 흘렀다.

그러던 1855년.

대홍수가 발생하면서 황하가 지금처럼 발해만 방면으로 흐르게 되었다. 대진은 그런 회하와 황하를 국경으로 삼겠다는 말을 했다.

대놓고 협박을 한 것이다.

그런데 그 협박이 제대로 통했다.

조선이 회하까지 내려오면 대륙은 진짜 반쪽으로 나뉘게 된다. 그리되면 민심이 한꺼번에 터질 우려가 있으며, 청국은 그야말로 존립 자체가 문제가 될 수도 있다.

청국으로선 최악의 상황이 된다.

분위기가 후끈 달아올랐다.

두 사람을 살피던 토마스 웨이드가 나섰다.

"하하하! 이거 대화를 시작하자마자 너무 열기가 뜨겁습니다. 그러니 잠시 차를 마시면서 열기를 식히도록 하지요."

대진이 자리에서 일어났다.

"대화를 하다 보니 저도 너무 집중한 것 같습니다. 열기를 식히는 의미에서 잠깐 나가 바람을 쐬고 오겠습니다."

"그렇게 하시지요."

대진이 일부러 비켜 준 것이다.

노련한 토마스 웨이드는 그런 사실을 잘 알고 있었다. 그래서 대진과 일행이 밖으로 나가자마자 이홍장을 바라봤다.

"북양대신께서 너무 격양되신 것 같습니다. 오늘은 제가 알고 있는 북양대신이 아닌 것 같습니다. 마치 다른 사람을 보는 것 같아요."

이홍장이 고개를 저었다.

"나도 좀체 목소리를 높이는 사람이 아닌데, 조선 대표가 나이도 젊은데 대단하네요. 대화를 하다가 나도 모르게 격양되었습니다."

토마스 웨이드가 설명했다.

"이 특보는 일본과의 종전 협상을 주도한 인물입니다. 그뿐만이 아니라 조선의 각종 외교상의 조약이나 협상 대부분을 책임지고 있고요. 그런 사람이니 협상력은 누구보다 높다고 봐야 합니다. 그런데 북양대신께서는 너무 할 말만 하신 것 같습니다. 지금은 그럴 때가 아니라는 사실을 북양대신께서도 잘 아시지 않습니까?"

이홍장이 한숨을 내쉬었다.

"후! 내가 그걸 왜 모르겠습니까? 그런데 우리의 속국이었던 조선과 종전 협상을 하려니 나도 모르게 목소리가 높아지네요."

토마스 웨이드가 다독였다.

"그래도 참으셔야지요. 조선이 이 협상을 깨트리고 산동까지 완전히 장악하게 되면 어떻게 되겠습니까? 그때는 지금보다 상황이 훨씬 더 악화됩니다. 문제는 그렇게 되면 조선이 이번처럼 종전 협상에 나설지도 의문이고요."

이홍장의 안색이 붉게 변했다. 한동안 말을 못 하였으나 결국은 고개를 숙일 수밖에 없었다.

"……제가 언행을 신경 쓰지요."

"잘해 보세요. 그래야 중재하는 나도 체면이 서지 않겠습니까?"

"그러지요."

잠시 후 대진이 들어왔다.

조금 전의 격한 분위기 때문인지 갑자기 서먹해졌다. 그런 어색함을, 토마스 웨이드가 깨트렸다.

"하하하! 차근차근 풀어 가시지요. 처음부터 너무 격양되거나 긴장감이 높으면 뒤로 갈수록 힘이 많이 듭니다."

대진이 고개를 끄덕였다.

"알겠습니다. 조심하지요."

이홍장도 동의했다.

"그러십시다."

"자! 그럼 처음부터 다시 시작을 합시다. 조선군이 지금 북방은 물론이고 직례와 산동, 그리고 하남과 산서 일부를 장악하고 있는 것은 맞지요?"

"그렇습니다."

토마스 웨이드는 오랫동안 극동에서 근무해 온 노련한 외교관이다. 그래서 어느 누구보다 능숙하게 협상을 중재해 갔다.

그가 본격적으로 개입하자 처음 같은 감정적 대립은 일어나지 않았다. 그 대신 양측은 국익에 조금이라도 도움이 더 되는 방법을 찾으려 고심했다.

그러나 협상은 처음부터 한쪽으로 완전히 기울어진 운동장이었다.

중재자인 토마스 웨이드와 대진은 이미 오래전에 말을 맞추고 있었다. 더구나 청국은 양보하거나 조건을 최소화하는 등의 대처 방안이 별로 없었다.

그래서 본격적인 협상에 들어가자마자 몰릴 수밖에 없었다.

이홍장의 눈이 커졌다.

"대만 섬을 달라고요?"

"그렇습니다. 우리가 산동과 직례를 내준다면 그에 대한 대가를 지급해 주어야 하지 않겠습니까?"

"하지만 귀국은 만리장성 이북을 벌써 받아 갔지 않습니까?"

대진이 고개를 저었다.

"그렇지 않습니다. 다시 말씀드리지만 북방은 우리 민족의 고토입니다. 그러니 우리는 고토를 수복한 것이지 귀국으로부터 받아 간 것이 아닙니다. 그리고 직례, 산동 그리고 황하 일대와 대만 섬은 비교가 되지 않는다는 것을 북양대신께서도 잘 아시지 않습니까?"

이홍장이 항변했다.

"만주는 우리 청국 황실의 본향입니다."

"본래는 고구려와 발해의 영토였지요. 그리고 그 이전에는 부여와 고조선의 영토였고요. 만주족은 여진으로, 우리의 속민(屬民)에 지나지 않았습니다."

이홍장은 답답했다.

그러나 대진의 주장이 너무도 확고하고 분명해서 깨트릴 수가 없었다. 그리고 프랑스 극동함대가 조선 수군에 완패하면서 청국은 군사 저항을 거의 포기한 상태였다.

그런 기조가 있었기에 이홍장은 어느 정도는 양보할 생각을 갖고 있었다. 그래서 대진이 강력히 대만의 할양을 주장하자 결국 동의하지 않을 수 없었다.

"알겠습니다. 그렇게 하지요."

이어서 국경선이 정리되었다.

양국의 국경은 대진의 구상대로 만리장성으로 결정되었다. 만리장성의 소유권을 조선이 갖기로 했으며, 청국은 장성을 기준으로 4킬로미터를 들여서 방책을 쌓기로 했다.

비무장 지대도 설정한 것이다.

내몽골은 조선군이 진출한 상태대로 절반을 인정받았다.

아울러 몽골철도부설권을 획득했으며 북경 천진과 강남철도 부설도 그대로 유지하기로 했다.

또한 새로운 황성 건축을 위해 3천만 장의 황금색 유리기와를 제공받기로 했다. 더불어 요동과 요서의 한족 이주에 청국이 적극 협조하기로 했다.

그러나 단 하나.

전쟁배상금은 청국도 양보하지 않았다.

이홍장이 강력히 주장했다.

"아무리 우리가 먼저 종전을 요구했다지만 50억 냥의 배상금은 너무 과합니다. 그러니 이 부분만큼은 조정해 주시기 바랍니다. 그 대신 우리가 영토를 비롯한 다른 부분은 전폭적으로 귀국의 요청 사항을 수용했지 않습니까?"

이틀 동안 밀고 당기기를 했다.

이러는 동안 토마스 웨이드는 연신 양측을 오가면서 중재를 했다. 그런 중재 덕분에 대진은 일본과 같은 10억 냥의 배상금만 받기로 했다.

대진은 처음부터 전부를 받아 낼 생각은 하지 않았다. 청국의 1년 세수는 8,000만 냥 내외로, 50억 냥은 과한 요구라는 점을 모르지 않았던 탓이다.

그럼에도 이런 요구 조건을 내세운 것은 노림이 있었기 때문이다.

대진은 영국의 중재를 적극 수용하는 모양을 취하려고 했었다. 그래서 이틀 동안 영국공사와 적당히 말을 맞추며 이홍장을 상대했다. 그러다 마지막에 영국의 중재를 통 크게 받아들이는 모양을 취해 주면서 영국공사의 기를 살려 주었다.

이홍장은 협상에 만족했다.

지금의 청국으로선 막대한 전쟁배상금을 감당할 능력이 되지 않았다. 조선의 요구를 모두 들어주었다가는 국가 운영 자체가 문제가 될 수 있었다.

그래서 처음부터 전쟁배상금을 최소화하는 데 중점을 두고 있었기에 영국공사의 적극적인 중재로 배상금이 줄어든 것에 크게 만족했다.

이러한 만족감은 홍콩신계 지역의 완전한 할양 동의로 나타났다. 토마스 웨이드는 이번 종전 협상을 중재하면서 홍콩과 그 일대에 대한 확실한 권리를 취득하게 되었다. 그래서 종전 협상은 세 나라가 전부 만족하며 끝맺을 수 있었다.

협상을 마친 대진은 토마스 웨이드와 마주 앉았다.

대진이 고마워했다.

"감사합니다. 웨이드 공사님의 중재 덕분에 협상이 잘 끝났습니다."

토마스 웨이드가 손을 저었다.

"별말씀을 다 하십니다. 오히려 중재자로 저를 내세워 주신 것에 대해 감사드립니다. 그리고 이번 협상은 제가 직접 나서지 않아도 조선의 의도대로 전개되었을 겁니다."

대진도 모르지 않았다.

"물론 직접 협상을 해도 결과가 크게 달라지지는 않았겠지요. 그러나 영국이 중재를 한 것과 하지 않은 것의 무게감은 분명 다릅니다."

토마스 웨이드가 만족해했다.

"감사한 말씀이네요. 이 특보의 말씀대로 우리 영국이 개입된 일이니만큼 협상 결과의 무게감은 무엇보다 중할 것입니다."

"예, 그래서 귀국이 추진하는 홍콩 개발에 대해 우리 대한 무역도 적극 나설 것입니다."

그 말에 토마스 웨이드가 반색했다.

"오! 그렇습니까?"

"예, 우선은 홍콩 섬의 중심가를 적극 개발하겠습니다. 그리고 이번에 새롭게 할양받은 신계(新界) 지역에는 대규모 공단을 설립하고요."

토마스 웨이드가 크게 웃었다.

"하하하! 새로 얻은 지역에 공장을 세운다면 주민 유입이 대폭 늘어나겠군요."

"대한무역은 청국 시장 공략을 위해 상해에도 공장을 세우려고 합니다. 그 일환으로 홍콩에도 공장을 설립한다면 모두에게 좋지 않겠습니까?"

토마스 웨이드가 고개를 끄덕였다.

"물론입니다."

그런 그에게 대진이 슬쩍 제안했다.

"그리고 이번 할양을 잘 포장하십시오. 아마도 이번 공적이 공사님의 앞날에 상당한 도움이 될 것입니다."

토마스 웨이드가 감동했다.

"감사합니다. 내 평생 이번처럼 귀중한 선물을 받은 적은 없습니다. 특보께서 만들어 주신 선물은 반드시 귀중하게 사용하겠습니다."

"예, 그렇게 하세요."

웨이드 공사가 의미심장한 말을 했다.

"이제 조선이 북방의 주인이 되어야지요."

대진이 깜짝 놀랐다.

"북방의 주인이 되라고요?"

"조선은 이번에 만주와 요동 요서 그리고 내몽골의 절반을 얻었습니다. 그러면서 대륙 북방을 오롯이 장악하게 되었고요. 그러면 당연히 북방의 주인이 되어야 하지 않겠습니까?"

대진은 순간 곤혹스러웠다.

북방이라면 시베리아이고 시베리아는 러시아의 영토다.

그 사실은 잘 알고 있다. 그렇기에 조선이 북방의 주인이 되어야 한다는 말이 무슨 의미인지 선뜻 이해하기가 어려웠다.

대진은 잠시 고심했다. 그러다 굳은 표정으로 질문했다.

"북방은 러시아의 권역입니다. 그것을 모르지 않는 공사께서 우리 조선에게 북방의 주인이 되라니요? 그게 무슨 의미인지요?"

토마스 웨이드가 반문했다.

"이 특보께서는 우리 영국과 러시아가 분쟁 중이란 사실을 알고 있습니까?"

순간 대진의 머릿속이 번뜩했다.

"아! 그레이트 게임(The Great Game)을 말씀하는 거로군요!"

토마스 웨이드가 깜짝 놀랐다.

"이 특보가 그레이트 게임에 대해 아십니까?"

"그레이트 게임은, 중앙아시아 초원 지대의 패권을 차지하기 위한 영국과 러시아 간의 경쟁을 총칭하는 거 아닙니까?"

"놀랍군요. 극동에서 그것도 동양인의 입에서 그레이트

게임에 대해 듣게 될 줄은 몰랐습니다. 대체 이러한 정보는 어디서 입수하는 것입니까?"

대진이 말을 적당히 돌렸다.

"본국은 오래전부터 오늘날과 같은 상황에 대비해 왔지요. 그래서 알게 모르게 세계로 파견 나가 있는 사람들이 의외로 많습니다."

"그랬군요. 그래서 이 특보가 이토록 박학다식한 것이로군요."

"과찬이십니다."

토마스 웨이드가 설명했다.

"금세기 초부터 본국과 러시아는 중앙아시아 일대의 패권을 두고 경쟁하고 있지요. 우리 영국은 페르시아와 인도의 이권을 지켜야 하고 러시아는 그러한 우리의 이권을 호시탐탐 노리는 상황이지요."

"중앙아시아 초원은 대부분 러시아가 장악한 것으로 압니다만."

"맞습니다. 그러나 그 지역은 말 그대로 초원 지대일 뿐, 사람도 별로 살고 있지 않지요. 그러나 인도는 수억 명의 인구가 있으며, 페르시아는 수천 년의 역사를 가진 나라여서 상대가 되지 않지요."

"그렇군요. 하지만 우리가 대륙의 북부 지역을 얻었다고 해서 러시아와 총을 겨눌 수는 없지 않겠습니까?"

"그렇기는 합니다. 그러나 청나라처럼 허무하게 영토를 내주

는 일은 없었으면 합니다. 그리고 귀국이 얻은 영토를 수호하기 위해서라도 러시아가 남진하는 것을 막아야 하지 않겠습니까?"

대진은 의사를 분명히 밝혔다.

"우린 우리의 고토만 지키면 됩니다. 그래서 귀국처럼 러시아를 적으로 상대할 필요가 없습니다."

토마스 웨이드가 부탁했다.

"앞으로 러시아가 청국에 어떤 수작을 부릴지 모릅니다. 솔직히 지금의 청국이 몽골 초원과 신강 지역을 지켜 낼 수 있을지도 의문이고요."

"우리보고 그 지역을 대신 지켜 달라는 겁니까?"

"그래 주었으면 합니다. 정 안 되면 청나라로부터 그 지역을 차지해도 되고요. 만일 그럴 계획이라면 우리가 적극 도와드리겠습니다."

대진은 본래 러시아와 북해도를 놓고 영토 빅딜을 할 생각을 하고 있었다. 그런 계획에는 몽골은 러시아에 넘겨주어도 괜찮다는 생각을 했었다.

그런데 갑자기 다른 생각이 들었다.

'그래, 이것도 기회다. 영국공사가 우리에게 부탁할 일이 얼마나 되겠나. 아니, 영국공사가 이런 부탁을 한다는 것은 우리의 군사력을 인정한다는 말이나 다름없다. 그러니 적당히 양보하면서 더 큰 이권을 얻는 기회로 삼는 게 좋겠어.'

대진이 잠깐 고심했다.

"러시아의 몽골과 신강 지역 진출만 막으면 됩니까?"

"그렇습니다."

"좋습니다. 우리 조선이 러시아의 남진을 적극 막아 보겠습니다."

토마스 웨이드가 반색했다.

"그래 주신다면 저도 할 수 있는 한 조선을 적극 도와드리겠습니다."

불감청 고소원이었다.

대진이 조건을 제시했다.

"그 대신 우리 조선이 중동에 진출하는 것을 영국이 인정해 주십시오."

토마스 웨이드가 깜짝 놀랐다.

"조선이 중동에 진출하겠다고요?"

"그렇습니다."

생각지도 않은 제안이었다. 토마스 웨이드 공사는 한동안 고심하다가 고개를 끄덕였다.

"좋습니다. 인정하지요. 그러나 페르시아로의 진출은 반드시 우리의 동의를 받아야 합니다."

대진이 딱 잘랐다.

"페르시아에는 진출하지 않겠습니다. 만일 그런 일이 발생한다면 반드시 귀국에 사전 동의를 얻도록 하지요."

"감사합니다. 그런데 조선은 어디에 진출하려는 겁니까?"

"아라비아반도 동부 해안을 생각하고 있습니다."

웨이드가 고개를 갸웃했다.

"그곳은 토후국 몇 곳을 제외하면 거의 모래땅이나 다름없는 곳입니다. 더구나 아라비아반도 동부는 대부분이 오스만의 영토입니다. 그래서 도움도 드리기가 어렵습니다."

"우선은 귀국이 진출해 있는 휴전 오만에 진출할 것입니다. 그랬다가 바로 카타르와 바레인으로 진출해서 우리만의 권역을 만들어 보지요. 아라비아반도와 쿠웨이트 등의 진출은 오스만과 협상할 것이고요."

토마스 웨이드가 고개를 갸웃했다.

"모두가 아주 작은 토후에 불과한데 그 지역에 진출한다고요?"

대진이 호탕하게 웃었다.

"하하하! 그렇다고 페르시아로 진출할 수는 없지 않겠습니까?"

"그렇기는 합니다."

"그러면 우리의 진출에 동의하시는 겁니까?"

토마스 웨이드가 흔쾌히 동의했다.

"그럽시다. 아니, 아예 문서로 만들어 드리지요."

대진이 동의했다.

"그러시지요. 문서가 작성되면 페르시아에 대한 귀국의 권리가 정리되어 우리도 좋습니다."

두 사람은 그 자리에서 토의 내용을 정리해 한글과 영어로 작성된 외교문서를 만들었다. 그리고 각각 날인해서 교환했다.

토마스 웨이드가 기뻐하며 말했다.

"앞으로 잘 부탁드립니다."

"제가 오히려 부탁드려야지요."

두 사람은 웃으며 악수했다.

하지만 그런 두 사람의 속내는 달랐다.

토마스 웨이드는 조선을 이용해 러시아의 남하를 막았다고 생각했다. 그러나 대진은 거기에 대해 별로 신경을 쓰지 않았다. 그보다는 조선이 중동을 진출하는 데 영국의 동의를 얻어 낸 사실에 더 큰 의미를 부여했다.

'우리 조선과 영국은 러시아를 바라보는 시각이 전혀 다르다. 영국에 있어 러시아는 반드시 경계하고 막아야 할 대상이다. 그래야 자국의 국익을 지킬 수 있으니까. 그러나 우리 조선은 다르다. 우리에게 러시아는 협상하고 협조해야 할 대상이다. 그리고 기회가 되면 러시아와 영토 문제를 놓고 빅딜을 해야 한다.'

이러면서 다른 생각도 했다.

'러시아가 빅딜 이전에 도발할 수도 있다. 그렇게 되면 러시아는 지옥을 보게 될 것이다. 땅은 물론이고 하늘과 바다에서.'

대진은 이런 자신감을 갖고 토마스 웨이드를 바라봤다.

토마스 웨이드는 그런 대진의 속내를 전혀 짐작도 못 하고 그저 호탕하게 웃었다.

이렇게 종전 협상이 끝났다.

종전 협상을 체결했다는 소문은 급속히 번졌다. 상해의 영국영사관이 일부러 소문을 퍼트렸기 때문이다.

영국은 홍콩을 대륙의 보석으로 생각했다. 지정학적으로 위치가 너무도 좋았기 때문이다. 그래서 역점을 갖고 발전시키고 싶었는데 땅이 적었다.

어쩔 수 없이 청국과 협의해 조차라도 받으려고 했었다. 그런데 이번 협상으로 신계 전체가 할양되어 홍콩에 귀속된 것이다.

중재의 대가로 얻어 낸 결과치고는 너무도 탐스러웠다. 그래서 그 결과를 아예 못을 박기 위해 소문을 낸 것이었다.

조선도 소문은 좋았다.

북방 고토를 수복했다.

거기다 대만이라고 하는 보석 같은 섬을 얻은 것은 물론 막대한 배상금과 이권까지 챙겼다. 이런 결과를 세상 모두가 알고 있는 것이 좋았다.

뜻밖의 사실은 청국에도 이 상황이 결코 나쁘지 않다는 것이었다.

북방과 대만을 넘겨준 것은 분명 뼈아팠다.

그러나 청국의 심장이라고 할 수 있는 직례와 산동 그리고 황하 주변을 되찾게 되었다. 더구나 프랑스의 패전으로 조선의 군사력에 대한 공포심이 치솟으면서 종전 여론이 비등한 상황이었다.

이렇듯 삼국의 이해관계가 맞물린 덕에 상해조약은 모두의 성공으로 끝났다.

대진은 전신을 통해 북경의 주둔군사령부에 협상 결과를 보고했다. 그러고는 따로 배를 1척 수배해서는 본국으로 결과를 보냈다. 대진의 보고를 받은 북경조선군은 철수작전에 들어갔다.

천진도 사정은 마찬가지였다.

천진 주재 조선군사령부는 철수 준비를 시작했다. 이러한 움직임은 정보원을 통해 프랑스공사관으로 전해졌다.

천진 주재 프랑스영사 딜롱(Dillon)이 급히 부레 공사를 찾았다.

"공사님, 급보입니다."

"무슨 일인가?"

"조선과 청국과의 종전 협상이 체결되었다고 합니다."

부레 공사가 깜짝 놀랐다.

"아니, 협상을 시작한 지 며칠 되지도 않았는데 벌써 타결되었다고?"

"그렇습니다. 천진에 주재하고 있던 조선군에게 원대복귀 명령이 떨어졌다고 합니다. 그래서 지금 조선군이 철수 준비를 하고 있습니다."

"놀랍구나. 나는 영토 문제도 있고 해서 한 달 정도는 밀고 당길 줄을 알았는데, 이렇게 빨리 끝날 줄 몰랐어."

딜롱 영사도 동조했다.

"그러게 말입니다. 아마도 양측의 이해관계가 영국의 중재로 급속히 해소된 듯합니다."

부레 공사는 아쉬워했다.

"내가 중재했어도 충분히 잘할 수 있었을 터인데 아쉬워. 그랬다면 청나라로부터 상당한 이권을 받아 냈을 터인데 말이야."

"아쉽지만 어쩔 수 없는 일입니다."

"그렇지는 하지."

"공사님, 이제는 우리도 서둘러 협상을 추진해야 하지 않겠습니까?"

부레 공사가 불만을 터트렸다.

"나도 당장 하고야 싶지. 그러나 루브르 박물관이 동의해 주지 않고 있잖아. 그렇지 않았다면 벌써 협상을 끝났을 일이었어."

조선과 프랑스의 협상은 지지부진했다. 그렇게 된 까닭은 외규장각 도서를 수장하고 있는 루브르박물관이 도서 반환을 거부하고 있기 때문이다.

딜롱 영사가 언성을 높였다.

"전례가 없다고는 하지만 당연히 루브르가 양보를 해야지요. 이번 경우는 아주 이례적인데, 이렇게 시간만 끌다가 조선이 극단적인 선택이라도 하면 큰일 아닙니까?"

부레 공사가 고개를 저었다.

"그렇게 되어서는 안 돼. 그렇게 되면 누가 목숨을 걸고 나라를 지키려 하겠어? 더구나 국제적으로도 엄청난 망신이야."

"맞습니다. 아무리 유물이 중요하다 해도 인명보다 중할 수는 없지요. 더구나 나라를 위해 참전했던 군인들입니다."

부레 공사가 자리에서 일어났다.

"안 되겠다. 내가 전신실로 가서 본국에 급전을 보내야겠어."

"그렇게 하시지요. 저도 함께 가겠습니다."

"그렇게 하세."

두 사람은 아래층에 있는 전신실로 내려갔다. 그러고는 프랑스 본국으로 조선과 청국의 종전 협상 타결 소식을 긴급으로 타전했다. 그러고는 포로들의 생명이 위험하다며 루브르 박물관의 결단을 촉구하는 요청도 했다.

부레 공사의 급전은 곧바로 프랑스 본국에 도착했다. 급전을 받아 든 프랑스총리는 대통령을 면담하고는 루브르박물관장을 불렀다.

대통령궁을 찾은 루브르 박물관장은 처음에는 완강했다. 그러나 포로들의 생명이 위태롭다는 말을 끝까지 외면할 수는 없었다.

여기에 종전 협상 타결도 대두되었다.

이전의 조선이라면 동양의 그저 그런 소국으로 프랑스가 무시해도 될 나라였다. 그러나 청국을 압도한 조선은 이제 청국보다 우위의 나라가 분명하다는 사실이 증명되었다.

루브르박물관의 소장 유물은 소중하다. 그래서 자신들이 목숨을 걸고 지켜야 하는 것은 맞다.

그러나 나라를 위해 싸운 병사들의 목숨보다 소중할 수는 없었다. 더구나 포로가 된 병사의 숫자가 무려 1만 명에 가까웠다.

포로 문제를 도외시했다간 루브르박물관의 존립 자체가

위태로워진다. 어쩌면 대혁명 때처럼 시민들이 들고일어나서 박물관을 박살 낼 수도 있었다.

더욱이 예산을 갖고 있는 프랑스 대통령과 총리의 거듭된 설득도 큰 부담이었다. 이런 사정들이 맞물린 끝에 루브르 박물관장은 어쩔 수 없이 도서 반환을 승낙했다.

소식은 곧바로 천진에 도착했다.

부레 공사는 딜롱 영사를 불렀다.

"딜롱 영사, 루브르에서 도서 반환 허가가 떨어졌네. 아울러 본국에서 조선과 협상을 시도해도 좋다는 명령도 함께 왔어."

"잘되었군요. 그러면 이제 바로 조선과 협상을 시작할 수 있는 것입니까?"

"그렇다네. 그러니 귀관이 조선군사령부로 가서 사정을 전해주도록 하게. 내가 조선의 협상 대표와 만나고 싶다고 말이야."

"알겠습니다."

부레 공사는 조선과 종전 협상을 바로 시작할 수 있을 줄 알았다. 그러나 조선군사령부에서 돌아온 대답은 너무도 달랐다.

"우리 왕실의 특보가 돌아와야 귀국과 협상할 수 있습니다. 그리고 우리 협상 대표가 왜 귀국 공사를 만나러 가야 합니까? 종전 협상을 하려면 귀국의 협상 대표가 우리를 방문해야지요. 더구나 포로 교환 협상은 우리가 지정한 장소에 방문해야 하는 것이 맞습니다."

조선군사령부는 대놓고 프랑스공사의 오만을 지적했다. 딜롱 영사는 그 말을 듣고는 제대로 반박을 못 하고 돌아왔다.

쾅!

부레 공사는 화가 치솟았다.

"이것들이 끝까지 나를 우롱하는구나."

딜롱 영사가 다독였다.

"공사 각하, 진정하시지요. 저들의 요구가 무례할 수는 있지만 이치상 그게 맞습니다."

"으음!"

부레 공사도 이치를 모르지 않았다.

그러나 먼저 머리를 숙이고 들어가기 싫어서 조선 대표를 오라고 했다. 그런데 조선군사령부는 그런 자신의 속내를 들여다본 듯 냉정하게 요청을 잘라 버렸다.

"하는 수 없지. 이 특보란 자가 돌아올 때까지 기다릴 수밖에."

"제가 언제 돌아오는지 알아보고 오겠습니다."

"그렇게 하게."

그런데 대진은 바로 돌아가지 않았다.

대진은 한동안 상해에 머물렀다.

조청전쟁이 처음 발발했어도 무역 거래는 정상대로 진행되고 있었다. 전쟁터가 북부여서 상해에서의 무역 거래는 별 지장이 없었기 때문이다.

그러다 청국이 무한을 거쳐 남경으로 천도하면서 사정이 달

라졌다. 청국 조정이 상해 바로 옆으로 온 상황에서의 거래는 어려웠다. 그 바람에 반년 넘게 무역 거래가 중단되어 있었다.

호경여당은 대한무역에서도 아주 중요한 거래 상대다. 호경여당에 있어 대한무역은 가장 중요한 거래 상대였다.

그래서 종전 협상이 체결되었다는 소식에 호광용은 누구보다 기뻐했다. 그는 자신을 찾은 대진을 더없이 반갑게 맞았다.

"하하하! 어서 오십시오, 대인."

대진이 두 손을 모았다.

"오랜만에 뵙습니다, 호 대인."

두 사람은 반갑게 인사를 나누며 자리에 앉았다.

호광용이 축하했다.

"종전 협상이 잘 끝났다면서요. 축하드립니다."

"감사합니다. 우리 조선에는 더없이 좋은 성과지만 청국에는 별로 좋지 않은 일이어서 아쉬울 것입니다."

호광용이 펄쩍 뛰었다.

"절대 그렇지 않습니다. 저는 상인입니다. 상인이 장사를 하는 데 있어서 국경이 무슨 필요가 있겠습니까? 조선이 장성 이북을 장악한 것은 제가 하는 장사에 아무런 문제도 되지 않습니다."

"그렇기는 하지요."

호광용이 딱 잘라 정리했다.

"상인은 장사와 협상으로만 말을 할 뿐입니다. 전쟁은 군인이나 정치가가 하는 일이지요."

대진은 내심 놀랐다.

'대단하구나. 나라가 엄청난 영토를 빼앗겼는데도 전혀 마음에 두지 않고 있어. 대륙 최고의 상인이어서 배포도 그만큼 다른 건가?'

"전쟁 중에도 장사는 한다고 했습니다. 호 대인의 말씀을 들으니 문득 그런 생각이 떠오르네요."

호광용이 적극적이었다.

"맞습니다. 상인은 어디에도 있습니다. 전쟁을 이용해 돈을 버는 전쟁상인도 있고요."

"그렇군요. 어떻게, 이번 전쟁으로 피해를 많이 보셨지요?"

호광용이 한숨을 내쉬었다.

"후! 어쩌겠습니까? 그 정도는 감내해야지요. 그래도 조선이 일반 백성들을 수탈하지 않아도 장사하는 데는 큰 어려움이 없었습니다."

"다행이군요. 그러면 이제 교역을 재개해도 됩니까?"

"물론이지요. 당장이라도 거래가 가능합니다. 아! 그리고 그동안 플라스틱 용기를 많이 만들어 놓았을 겁니다. 그렇게 만들어 놓은 물건을 전부 매입할 터이니 모두 가져다주십시오."

대진이 고개를 저었다.

"미안하지만 그동안 만든 물건은 전부 유럽으로 수출을 했습니다. 그래서 귀사에 보내는 물건은 이번에 새로 생산해야 할 것입니다."

호광용이 아쉬워했다.

"아! 그렇습니까? 유럽에도 플라스틱 용기가 인기가 많다고 하더니 그렇게 되었군요."

대진이 양해를 구했다.

"지난 반년 넘게 유럽과 미국으로 전량 물건을 보냈습니다. 그렇게 보낸 물건들도 물량이 적어서 상당히 애를 먹고 있고요. 그 바람에 이곳으로 물건을 빼내기가 곤란해졌습니다. 그래서 종전에 맞춰 공장을 대대적으로 증설하고 있습니다. 그러나 플라스틱 용기는 연말경에나 받아 보실 수 있을 것입니다."

"그렇습니까?"

"예, 그 대신 이전 물량보다 몇 배나 많은 물량이 공급될 것이니 잠시만 기다려 주십시오."

호광용이 고개를 끄덕였다.

"그렇다면 어쩔 수 없는 일이지요. 그러면 홍삼은 공급에 문제가 없겠지요? 그리고 천연두 예방접종시약을 비롯한 다른 약품들도요."

"홍삼은 전혀 문제가 되지 않습니다. 다른 약품도 마찬가지고요."

"그나마 다행이군요."

호광용은 단번에 홍삼 3만 근을 주문했다.

대진이 많은 물량에 놀랐다.

"그 많은 물량을 한꺼번에 매입해도 됩니까?"

"홍삼 수급이 중단된 지 벌써 반년이 넘었습니다. 그리고 전쟁 직후여서 이런저런 병이 많이 돌 겁니다. 그런 경우를 감안하면 3만 근도 결코 많은 물량이 아닙니다."

호광용은 다른 약품도 대량으로 주문했다.

그렇게 주문한 물량은 엄청나서 이전에 거래했던 물량의 반년 치가 넘었다. 대진은 그런 주문량을 자세히 기록하고서 무척 고마워했다.

"감사합니다. 전후 첫 거래여서 어떨까 하고 걱정했는데 이렇게 많은 물량을 주문해 주셨네요."

호광용이 장담했다.

"홍삼도 그렇지만 약품도 이제는 우리 청국에서 필수품이 되었습니다. 플라스틱 용기도 마찬가지고요. 그러니 앞으로도 더 좋은 제품을 많이 개발해 주십시오. 대륙에서의 판로는 이 호광용이 전적으로 책임지겠습니다."

이러면서 독점 의지를 적극 나타냈다.

그는 대한무역이 다른 거래처를 뚫지나 않을지 은근히 걱정했다. 대진은 그의 불안감을 적극적으로 해소해 주었다.

"걱정하지 마십시오. 우리 대한무역은 청국의 강남 상권만큼은 우리와의 의리를 지켜 주신 호 대인과 언제라도 먼저 거래할 것입니다."

독점을 준다는 말을 하지는 않았다. 그러나 우선권을 주는 것도 그에 못지않은 일이었기에 호광용이 환하게 웃으며 두

손을 모았다.

"감사합니다. 지금도 그렇지만 앞으로도 대한무역이 기대하시는 만큼의 매출을 반드시 올리도록 노력하겠습니다."

"고맙습니다."

호광용이 질문했다.

"강남철도부설에는 문제가 없지요?"

"물론입니다. 강남철도도 그렇지만 북경 천진철도도 예정대로 진행하게 되었습니다."

"다행이군요. 상해조선관에 공장은 언제부터 지으실 예정입니까?"

"돌아가서 정리가 되는 대로 바로 사람을 파견할 예정입니다."

"그러면 저도 거기에 맞춰 준비해 둬야겠군요."

"그렇게 하시지요. 그리고 이번에 우리가 대만을 할양받게 되었습니다. 그 사실은 아시는지요?"

호광용이 눈을 크게 떴다.

그가 바로 두 손을 모았다.

"그렇습니까? 저는 귀국이 만리장성 이북만 얻은 줄 알았습니다. 이거 축하드립니다."

대진도 답례했다.

"감사합니다."

"그런데 그런 사실을 말씀하시는 것을 보니 제가 도와드릴 일이 있는가 봅니다?"

대진이 두 손을 모았다.

"역시 대인께서는 바로 알아채시는군요. 맞습니다. 대인께 도움을 받을 일이 있습니다."

"말씀하십시오. 제가 도울 일이 있다면 적극 도와드리겠습니다."

"감사합니다. 본국도 그렇지만 청국도 설탕 수요가 상당합니다. 그래서 우리 대한무역에서는 대만 남부에 대규모 사탕수수 농장을 건설하려고 합니다."

호광용이 반색했다.

"오! 그거 잘되었군요. 그러면 대만에서 생산된 사탕수수를 들여와 상해에서 가공하려는 것이군요."

"대만에서는 일차 가공만 할 것입니다. 그렇게 해서 가져온 원당을 상해에서 백설탕으로 재가공해서 대륙에 판매할 것이고요."

"그렇군요. 그러면 제가 무엇을 도와드리면 되겠습니까?"

"다른 부분은 우리가 해결하면 됩니다. 그러나 농장 인부들이 대량으로 필요합니다. 혹시 대인께서 인력을 수급해 주실 수 있겠는지요?"

호광용이 흔쾌히 대답했다.

"당연히 가능합니다. 상해를 돌아다니다 보면 길에 널린 것이 쿨리들입니다. 대한무역에 필요한 인력은 언제라도 충원해 드릴 수 있습니다."

"그러면 일정을 봐서 부탁을 드리겠습니다."

"알겠습니다."

두 사람은 잠시 한담을 나눴다.

그러다 대진이 질문했다.

"전장과 생사 매입 사업은 잘 진행되고 있습니까?"

호광용이 두 손을 잡고 흔들었다.

"대인께서 지난번에 경고해 주신 것을 늘 유념하고 있습니다. 그래서 전장에서는 신용대출을 철저하게 줄여 나갔습니다. 그 덕에 이번 전쟁에서 별다른 피해를 입지 않게 되었지요. 이 모두가 대인의 신경을 써 주신 덕분입니다."

대진은 모르는 사실이었다.

"이번 전쟁으로 인해 전장 사업에 문제가 많이 발생했나 보군요."

호광용이 사정을 설명했다.

"그렇습니다. 다른 전장은 몇 년 전부터 신용대출을 대폭 확대하고 있었습니다. 그러다 전쟁이 발발하면서 불량채무자가 폭증하면서 직격탄을 맞게 되었지요. 그 바람에 파산하는 전장이 속출하고 있습니다. 그러나 우리 부강전장만큼은 이전부터 신용대출을 크게 줄여 오고 있어서 피해가 거의 발생하지 않았습니다."

"참으로 다행이군요."

"생사도 마찬가지입니다. 강남에 전쟁 여파가 거의 없었다고 해도 그래도 영향이 없지 않았습니다. 그래서 생사 수급이 큰

폭으로 변화하는 바람에 곤란을 겪는 상인들이 한두 명이 아닙니다. 다행히 우리는 생사 거래를 지속적으로 줄여 오고 있었습니다. 매점매석도 거의 없애 버렸고요. 그러면서 호경여당에 주력한 덕분에 그런 풍파에 거의 영향을 입지 않고 있습니다."

대진은 흡족했다.

"제가 노파심에서 드린 말씀을 대인께서 잊지 않으셨다니 그게 더 고맙습니다."

호광용이 다짐했다.

"제가 이렇게 굳건하게 자리를 지킬 수 있는 것은 모두가 대인 덕분입니다. 지금도 그렇지만 앞으로도 저는 대인과 늘 같은 길을 걸을 것입니다."

대진도 그에게 약속했다.

"지금처럼만 해 주신다면 대한무역도 늘 대인과 함께할 것입니다."

"감사합니다."

이렇게 또 하나의 협상을 끝냈다.

대진은 호광용의 요청으로 하루를 상해에서 더 머물렀다. 머무는 동안 호광용은 대진을 극진히 대접했다. 그리고 상해를 떠날 때는 항구까지 나와서 전송했다.

대진은 정기여객선을 탔다. 그리고 사흘 만에 천진에 도착하니 또 다른 협상이 기다리고 있었다.

8장

그것은 프랑스와의 협상이었다.

대진은 프랑스공사를 만나지 않았다. 프랑스와의 협상보다 더 중요한 일이 있었기 때문이다.

대진은 북경으로 올라갔다.

그러고는 조선군 지휘부에 청국과의 협상 내용을 상세히 보고했다. 대진의 보고를 받은 손인석은 크게 치하하고는 정식으로 철수를 명령했다.

그러나 철수는 바로 진행되지 못했다.

북경에 주둔한 지 벌써 1년여가 되었다. 그래서 정리해야 할 것도 많았으며 만리장성 이북에서의 주둔지도 확보해야 했다.

더구나 황하 남쪽의 해병대도 있어서 모든 병력이 철수하려면 시간이 필요했다. 특히 자금성을 비롯한 별궁을 정리하는 일도 마무리가 덜 되었다.

이런저런 이유로 병력 철수는 가을이 되어서야 끝이 날 수 있었다. 다행히 종전 협상에서 이런 일을 예상해 철수 시기를 연말까지 잡아 놓기는 했다.

그래도 명령이 떨어지자 북경이 들썩였다.

대진은 자금성에 들러 업무 진척 상황을 철저하게 파악했다. 그렇게 북경에서의 일을 마치고 천진으로 내려오니 7월 중순이 되었다.

천진에 내려온 대진은 하루를 푹 쉬었다.

그러고는 프랑스공사관으로 연락을 했다. 그다음 날 부레 공사, 딜롱 영사와 만났으며 만난 장소는 조선군사령부의 회의실이었다.

대진이 먼저 인사했다.

"오랜만에 뵙습니다. 그동안 잘 지내셨습니까?"

부레 공사가 굳은 표정으로 대답했다.

"솔직히 잘 지내지 못했습니다."

대진이 헛웃음을 지었다.

"허허, 무슨 일이라도 있으신 겁니까?"

부레 공사가 푸념했다.

"당연히 있지요. 이 특보가 결정하기 어려운 조건을 내세

우지 않았습니까? 그 바람에 지난 두 달여 동안 본국 정부와 루브르박물관을 설득하느라 피가 말랐습니다."

대진의 표정이 굳어졌다.

"그래서 어떻게, 잘 안되었습니까?"

"그렇지 않습니다. 다행히 루브르박물관이 동의해 주었습니다. 그래서 협상을 마치면 소장 물건을 바로 보내 준다고 했습니다."

"불행 중 다행이군요."

부레 공사가 눈을 크게 떴다.

"그게 무슨 말씀입니까? 불행 중 다행이라니요?"

"귀국이 강탈해 간 서적은 외규장각 도서입니다. 대부분이 왕실 의례 등을 정리한 기록물이지요. 그런 기록물 중에는 유일본도 상당하고요."

"그렇군요."

"그런데 외규장각의 도서를 강탈해 간 귀국이 전각 건물을 불태웠지요. 흔적을 남기지 않으려고 그랬는지, 아니면 무작정 그런 악행을 저질렀는지는 모르겠지만 말입니다."

부레 공사의 얼굴이 붉어졌다.

대진의 말이 계속되었다.

"그 바람에 우리는 가져간 도서가 전부인지 일부인지 아직 파악조차 못 하고 있습니다. 그런 상황에서 돌려주기로 결정했다니 다행이라는 말을 한 것입니다."

부레 공사가 처음으로 사과했다.

"어쨌든 불미한 일이 발생해서 미안합니다. 그리고 도서 목록은 루브르박물관에 보관되어 있을 것이니 너무 염려하지 않아도 됩니다."

"그 부분은 걱정하지 않아도 됩니다. 목록은 우리에게도 보관되어 있습니다."

"그렇습니까?"

"예, 규장각은 왕실 도서관과 학술 정책을 연구하는 기관이기도 하지요. 그래서 외규장각에 도서를 보관하게 되면 그 목록을 규장각에서 따로 정리해 두고 있습니다."

"그렇다면 다행이군요."

부레 공사가 차를 한 모금 마셨다. 그러고는 이전과는 전혀 다르게 적극적으로 나섰다.

"본국의 유물 반환 승인이 떨어졌습니다. 그렇다는 건 협상의 가장 큰 걸림돌이 제거되었다는 뜻입니다. 그러니 이제부터는 본격적인 협상을 추진했으면 좋겠습니다."

대진도 환영이었다.

"저도 협상을 오래 끌고 싶은 생각은 없습니다."

"좋습니다. 그러면 먼저 질문하겠습니다. 지난 1866년의 전쟁이 벌어지게 된 단초는 본국의 사제가 사형되었기 때문입니다. 그렇데 된 데에는 귀국이 천주교의 포교를 막아서인데, 이는 어떻게 처리하실 예정입니까?"

대진이 강력히 반박했다.

"다시 한번 말씀드리지만 우리는 사형당한 사제가 귀국 사람인 줄 몰랐습니다. 그리고 우리가 조사한 바에 따르면 그 사제는 선교회 소속이었더군요. 그것이 무엇을 의미하는지 공사께서는 모르지 않겠지요?"

부레 공사는 어떤 의미인지 알고 있었다. 그러나 그는 고개를 저으며 일부러 모른 척했다.

"잘 모릅니다."

대진이 설명했다.

"선교회 소속 사제는 출신 국가에 관계없이 파견됩니다. 그 말은 선교회가 무작위로 귀국 출신 사제를 파견했다는 의미입니다. 다시 말해 우리는 선교회 소속의 사제를 사형시킨 것일 뿐입니다. 그리고 당시는 포교도 금지되고, 외국인도 출입이 금지되어 있었습니다. 법을 어긴 것은 사제이지 우리가 아닙니다."

대진이 당당히 상황을 설명했다. 말문이 막힌 부레 공사가 서둘러 말을 돌렸다.

"그러면 앞으로도 천주교의 포교를 금지한다는 말씀입니까?"

대진이 고개를 저었다.

"우리는 이미 종교의자유를 선포했습니다. 그래서 영국과 수교하고 얼마 지나지 않아 성공회의 사제가 들어와서 예배당을 지었지요."

부레 공사는 말문이 막혔다.

"아! 그렇습니까?"

프랑스는 동양으로 진출할 때 천주교 공인을 전가의 보도처럼 휘둘러 왔다. 그래서 이번에도 천주교의 공인을 들고나왔는데 대진은 한발 더 나아가 이미 종교의자유가 선포되었다고 했다.

프랑스로서는 상대를 추궁할 수 있는 좋은 구실이 없어져 버린 형국이었다. 그 바람에 부레 공사는 다음 말이 궁색해졌다.

대진은 그동안 수많은 협상을 해 오면서 나름대로 역량을 축적해 왔다. 그래서 부레 공사가 어떤 상황인지 어렵지 않게 파악했다.

그래서 먼저 나섰다.

"이제 그만 다음 안건으로 넘어가시지요."

부레 공사의 안색이 펴졌다.

"좋습니다."

대화를 듣던 딜롱 영사가 먼저 나섰다.

"귀국에서 나포한 함정은 어떻게 됩니까?"

대진이 딱 잘랐다.

"전투 중에 노획한 물자를 돌려주는 경우는 없습니다. 더구나 전함이나 각종 화기는 살상 무기여서 더 그러하고요. 협상의 대상은 1만여 명의 포로들뿐입니다. 이 정도의 숫자

만 해도 충분히 협상의 대상이 된다는 사실을 명심하시기 바랍니다."

딜롱 영사도 함정을 돌려주지 않는다는 사실을 잘 알고 있었다. 그럼에도 재론한 것은 외규장각 도서의 반환이 결정되었기 때문이다.

부레 공사가 헛기침을 했다.

"어험! 지난 1866년 전쟁에서 귀국이 피해를 입은 사항이 무엇이지요?"

대진이 가져온 서류를 건넸다.

부레 공사가 서류를 펼쳤다. 서류에는 당시 전투 상황이 그림으로 일목요원하게 정리되어 있었다.

"보시는 대로 당시 전투에서 400여 명의 인명피해가 발생했습니다. 아울러 강화도의 행궁이 불탔으며 강화도성이 상당수 파괴되었지요. 그뿐만이 아니라 외규장각 수장고가 불타면서 내부 도서가 불법 반출되었지요. 그리고 이때 열아홉 상자의 은괴도 약탈되었습니다."

대진이 다음 서류를 내밀었다.

"이 서류는 당시 강화유수(江華留守)였던 이인기(李寅夔)가 피해 상황을 정부에 보고한 내용입니다."

대진은 이날을 위해 오랫동안 준비해 왔다. 그래서 협상을 이끌어 나가는 데 거침이 없었다.

이렇다 보니 부레 공사는 반박을 못 했다.

아니, 할 수가 없었다. 그만큼 서류도 충실했으며 협상도 대진이 이끌어 나가고 있었기 때문이다.

부레 공사가 한숨을 내쉬었다.

"후! 당시의 피해 상황을 인정합니다. 그리고 그에 대한 배상도 할 용의가 있습니다. 그러나 너무 터무니없는 요구는 들어줄 수가 없음을 양지해 주시기 바랍니다."

대진이 고개를 끄덕였다.

"공사님의 말씀, 백번 이해합니다. 우리도 터무니없는 요구를 할 생각이 없습니다. 루브르박물관이 도서 반환을 결정했다는 사실이 중요합니다. 그러니 피해자들과 파괴한 시설물에 대한 적절한 배상과 사과만 해 주면 됩니다."

"이해해 주셔서 감사합니다."

배상 금액 협상이 시작되었다.

주려는 쪽은 적게 주고 싶고, 받으려는 쪽은 많이 받고 싶어 한다. 그러나 어느 정도 사전협의가 있었던 만큼 터무니없는 요구나 반대는 없었다. 덕분에 병인양요에 관한 사안은 별다른 무리 없이 협상을 마무리할 수 있었다.

다음은 프랑스 포로 문제였다.

이 건은 상당히 어려운 사안이다.

조선이 프랑스의 침략을 사전 차단하지 못했다면 막대한 피해를 입을 수밖에 없었기 때문이다. 심지어 30만이 넘게 투입된 조선 최대의 숙원인 북벌마저 무산될 수도 있었다.

만약 그랬다면 자칫 나라의 근간이 흔들리는 상황에 이를 수도 있었다. 더구나 프랑스는 조선에 일체의 선전포고도 하지 않았던 것이다.

이런 상황이었기 때문에 콧대가 높은 부레 공사도 이 문제에 대해서만큼은 쉽게 접근하지 못했다.

그러나 여기에는 부레 공사가 생각하지 못한 부분이 존재했다.

사실 이 사안은 대진이 일부러 조장한 면이 없지 않았다.

조일전쟁 때부터 일부러 병인양요 문제를 거론했었다.

그러다 천진에서도 부레 공사의 자존심을 한껏 긁기도 했다. 그랬기에 철저하게 준비했었고, 그 결과 프랑스 극동함대를 모조리 나포할 수 있었다.

대진이 먼저 입을 열었다.

"포로 문제는 거론하기 쉽지가 않지요?"

부레 공사가 숨기지 않았다.

"예, 솔직히 그렇습니다. 너무도 많은 우리 병사들이 포로가 되었습니다. 쿠르베 해군 제독과 네그리에 해군 소장과 같은 장성이나 함장과 같은 고위 장교 상당수도 포로가 되었고요. 그래서 어떠한 대가를 지불하더라도 포로를 인계받으라는 본국의 지령입니다."

"어려운 사정을 숨기지 않고 말씀해 주셔서 감사합니다."

"아닙니다. 특보께서도 이미 알고 있는 사안입니다. 그런 사안을 구태여 숨길 필요는 없지요."

"그렇기는 합니다."

"그래서 부탁인데, 포로 송환의 조건을 너무 과하게 책정하지 않았으면 좋겠습니다."

간절하게 말하는 부레 공사를, 대진이 똑바로 쳐다보았다.

"동양에서는 포로를 돈을 받고 풀어 주지요. 그런 행위를 속량이라고 하고요."

"귀국도 속량을 받으려 하십니까?"

대진이 고개를 저었다.

"그렇지는 않습니다. 우리는 이번 침략에 대한 배상과 포로 석방의 조건으로 두 가지 중 하나를 요구합니다. 첫 번째는 귀국의 영토인 뉴칼레도니아, 귀국에서는 누벨칼레도니라고 부르는 곳을 원합니다. 그게 아니면 3년 이내 건조한 철갑선의 총량 5만 톤을 주십시오."

부레 공사의 눈이 커졌다.

"누벨칼레도니를 달라고요? 그게 아니면 5만 톤의 철갑선이라니요. 철갑선이 5만 톤짜리가 어디 있습니까?"

"아! 공사께서 오해를 하셨네요. 제가 말하는 것은 총량(總量)입니다. 여기서 말하는 5만 톤은 총량으로, 5,000톤을 10척 주거나 1만 톤 5척을 주어도 됩니다. 마찬가지로 1,000톤급 50척도 가능하겠지요. 그러나 우리는 2,000톤급 이상의 철갑선만을 원합니다."

"으음!"

부레 공사의 입에서 절로 침음이 흘러나왔다. 돈을 달라고 하는 것이 솔직히 편했으나 동양의 미개한 풍습을 따를 수는 없었다.

부레 공사가 한동안 말을 못 했다.

"……후! 그 부분은 바로 확답을 드리기가 곤란하군요. 미안하지만 본국에 보고해서 답을 받아 내는 것이 좋겠습니다."

"그렇게 하시지요."

두 사람은 사흘 후 다시 만나기로 했다. 공사관으로 돌아온 부레 공사는 협의 내용을 본국으로 긴급 타전했다.

그리고 사흘 후.

두 사람이 다시 만났다.

부레 공사가 먼저 입을 열었다.

"이 특보의 제안을 본국에 올려 답변을 받았습니다. 그 결과, 누벨칼레도니를 내주는 것은 어렵다는 결정을 했습니다."

대진도 예상하고 있었다.

"아무리 패전을 했다 해도 영토를 내주는 일은 쉽지가 않지요. 그러면 철갑선으로 배상하기로 결정하신 겁니까?"

"그렇습니다. 그런데 그 부분도 문제가 있습니다."

대진은 바로 반박하려 했다. 그러나 일단 무슨 문제인지 들어 보고 결정하려고 생각을 바꿨다.

"무슨 문제인지 말씀해 보시지요."

"본국의 사정상 3년 내에 건조된 철갑선 5만 톤은 무리입니다."

대진이 고개를 갸웃했다.

"이상한 일이군요. 우리가 파악한 바와는 전혀 다른 대답을 하시는군요. 귀국이 요 몇 년 사이 신형 전함 건조를 대량으로 건조하고 있는 것으로 아는데, 아닙니까? 그것도 7,000~8,000톤급 이상의 대형 전함으로요."

부레 공사가 움찔했다.

"그런 사실도 알고 있습니까?"

"당연하지요. 이런 협상을 하려면 적어도 상대국의 사정 정도는 미리 파악해 두어야지요."

대진이 이런 대답을 할 수 있었던 것은 이전 지식 때문이었다. 기록에 따르면 유럽은 지금 신형 전함 건조 경쟁의 시대였다.

지난해 건조한 전함이 금년에 구식이 될 정도로 경쟁이 치열하다. 이런 경쟁을 주도하고 있는 나라는 단연 영국과 프랑스였다.

프랑스는 영국에 비해 상대적으로 해군력이 약했다. 그래서 몇 년 전부터 온 국력을 투입해 해마다 신형 전함 몇 척씩을 건조하고 있었다.

부레 공사가 인정했다.

"맞습니다. 본국은 몇 년 전부터 신형 전함 개발에 집중하

고 있습니다. 덕분에 이제는 1만 톤급도 건조할 수 있을 정도가 되었지요. 그런데 그런 대형 전함은 1년에 1~2척을 전조하는 것이 고작입니다. 그래서 주력으로 건조하는 함정은 4,000~7,000톤급이지요. 그런데 문제는 본국도 귀국에 넘겨줄 함정이 많지 않다는 겁니다."

"왜 그렇지요?"

"지난해 우리는 성명불상 국가의 공격을 받아 태평양함대 10여 척을 잃었습니다. 그리고 이번에 10척이 넘는 함정을 귀국에 넘겨줘야 하고요. 그 바람에 우리 프랑스 해군에 전력 공백이 엄청나게 발생하고 말았습니다."

대진이 고개를 끄덕였다.

"그렇지 않아도 귀국의 태평양함대에 대한 소식은 들었습니다."

"그렇겠지요. 워낙 소문난 일이어서 모르면 오히려 그게 이상하지요. 어쨌든 그런 문제 등으로 귀국에 5만 톤급을 3년 내 함정으로 넘겨주기가 곤란합니다. 아무리 포로들의 생명이 귀중하다고 해도 나라의 바다를 비우면서까지 배상해 줄 수는 없지 않겠습니까?"

"으음!"

"그래서 제안을 드리겠습니다. 건조 시한을 3년이 아닌 5년으로 늘려 주십시오. 귀국이 그렇게 양보를 하면 본국도 1만 톤급 1척과 7,000톤급 2척을 포함한 철갑선 5만 톤을 양도하겠습니다.”

“1만 톤급은 신형 전함 아닙니까?”

“3척 중 1만 톤급과 7,000톤 1척은 지난해 실전 배치되었습니다.”

대진은 내심 쾌재를 불렀다.

‘그래, 이 정도면 최상이다. 더구나 대형 전함이 3척이면 새로운 함대를 창설하는 데에도 큰 도움이 될 거야. 이 정도라면 금세기 말까지는 전함에 대한 신경을 쓰지 않아도 되겠어.’

대진이 이러한 제안한 데에는 이유가 있었다.

지금은 전함 건조 기술이 급격히 발전하는 시대이다. 지난해 건조한 함정이 구식이 될 정도로 각국은 기술 개발에 엄청난 노력을 기울이고 있었다.

전함 건조 기술은 1880년대 후반까지 크게 발전하게 된다. 이후 정체기를 거치다가 1900년대 초 노급전함(弩級戰艦)이 탄생하며 바뀐다.

드레드노트라 불리는 전함은 기존의 전함 체계와 해전 개념을 전부 바꿨다. 그러면서 기존의 전함과 해전 교리를 모조리 구식으로 만들었다.

이러한 전함의 발달 과정을 마군은 너무도 잘 알고 있었다. 그래서 처음부터 보유 기술력을 실전에 구현하는 전략을 구가하고 있었다.

마군 출신 중에는 S중공업 출신들이 다수 있다. 이들은 선

박 건조 경험이 풍부했으며 전함 건조에도 상당한 노하우를 갖고 있었다.

그래서 마군은 20년 후를 내다보며 철선을 건조하면서 기술을 축적하고 있었다. 그러면서 부족한 전력은 전함을 나포해 실전 배치해 왔다.

지금까지는 이러한 전략이 성공적으로 시행되어 오고 있었다. 그리고 이 전략은 이번 협상에도 그대로 적용되고 있었다.

대진이 양보하는 모양새를 취했다.

“좋습니다. 공사께서 그렇게까지 말씀을 하시니 들어드리지 않을 수가 없군요.”

부레 공사의 얼굴이 환해졌다.

“감사합니다.”

이때부터 세부 사항 논의에 들어갔다. 서로의 양보가 있었던 덕분에 협상은 하루를 넘기지 않고 마무리되었다.

부레 공사가 기뻐했다.

“감사합니다. 이 특보께서 양보해 주셔서 좋은 결실을 맺을 수 있게 되었습니다.”

“아닙니다. 공사님께서 국가를 대신해 많은 고생을 하셨지요.”

몇 마디 덕담이 더 오갔다.

이어서 지금까지의 협상 내용을 문서로 작성하기 시작했

다. 문서는 프랑스어와 한글로 작성했으며, 이러느라 하루의 시간이 지났다.

펑!

대진과 부레 공사가 종전 조약에 날인하고서 악수했다. 그 장면을 대기하고 있던 기록사진사가 촬영했다.

대진이 진심을 다해 인사했다.

"고생하셨습니다."

부레 공사가 고마워했다.

"아닙니다. 특보께서 양보를 많이 해 주셔서 유종의 미를 거둘 수 있었습니다."

협상을 시작하기 전만 해도 두 사람의 관계는 냉랭했었다. 그러다 며칠 동안 허심탄회하게 협상하면서 관계는 훨씬 부드러워졌다.

두 사람은 악수하고 헤어졌다.

협상이 타결되었다는 소식은 세상을 놀라게 했다.

지금까지 조선은 극동의 소국으로만 알려져 있었다. 그래서 대부분의 나라들은 조선에 대해 별다른 관심을 갖지 않고 않았다.

그런 조선이 일본에 이어 청국과 프랑스를 연이어 격파한 것이다.

조선은 이전부터 각종 신제품으로 사람들의 입에 오르내

리기는 했었다. 그러나 그런 조선의 위상은 동양의 소국에 불과했었다. 그러던 국가의 위상이 세 번의 연이은 승리로 극동의 최강국으로 거듭나게 되었다.

더구나 북방의 거대한 영토를 획득하면서 극동의 맹주로 거듭났다. 그 결과 유럽의 신문에는 세 나라를 연이어 격파한 조선의 풍자만화가 급격히 이슈몰이가 될 정도였다.

프랑스와의 협상에도 성공한 대진은 다시 북경으로 올라갔다. 그래서 결과 보고를 하고는 손인석과 함께 V-22를 타고 한양으로 넘어왔다.

두 사람은 먼저 운현궁을 찾았다.

대원군은 언제나 자신을 먼저 찾는 대진과 손인석의 방문을 격하게 반겼다. 대진은 그 자리에서 청국과 프랑스와의 협상 결과를 보고했다.

그러고는 대원군과 함께 입궐했다.

손인석의 입궐은 오랜만이었다. 모처럼 손인석의 방문에 국왕은 용상에서 일어나면서 환대했다.

"어서 오십시오, 총사."

"그동안 평안하셨습니까, 전하."

"과인이야 늘 평안하지요. 총사께서는 어떠신지요?"

"저는 무탈하옵니다."

국왕이 대진을 바라봤다.

"이 특보가 청국과의 협상에서 놀라운 성과를 거두었더군요. 고생이 많았습니다."

대진이 몸을 숙였다.

"더 일찍 들어와서 직접 보고를 드려야 하는데 프랑스와의 일이 있어 지체되었습니다."

그 말에 국왕이 깜짝 놀랐다.

"프랑스와도 만난 것이오?"

"그러하옵니다."

대진이 가져온 서류를 바쳤다.

국왕은 급한 마음에 상선도 거치지 않고 서류를 직접 받았다. 그러고는 청국과 프랑스와의 조약 서류를 확인하며 탄성을 터트렸다.

"아아! 대단하구나. 북방 고토를 수복한 것도 감사해야 할 일인데 대만까지 얻어서 짐은 너무도 기뻤지요. 그런데 이제는 과거 병인년의 치욕마저 확실히 되갚아 주었어요."

대원군이 나섰다.

"하례 드립니다, 주상. 이제 조선은 동양에서 최강국으로 우뚝 서게 되었어요."

손인석도 동조했다.

"그렇습니다. 북벌로 우리 조선은 대륙의 북방을 얻었습니다. 그리고 프랑스와의 해전으로 바다의 평안까지 얻게 되었고요. 이런 우리는 이제 명실상부한 동양 최강국이 되었습니다."

"아아!"

국왕이 연신 탄성을 터트렸다. 그렇게 감동에 젖어 있던 국왕은 대진을 바라봤다.

"이 특보가 참으로 큰일을 해 주었습니다."

대진이 겸양했다.

"이 모두가 주상 전하와 국태공 저하께서 저를 믿어 주신 덕분입니다. 그랬기에 제 역량을 최대한 발휘할 수 있었습니다."

손인석도 칭찬했다.

"그래도 이 특보의 활약은 대단했어. 나도 대만까지 얻어 낼 거라고는 생각지도 못했어."

대원군이 궁금해했다.

"대만이 어디인가?"

대진이 지도를 보며 설명했다.

"대만은 청나라 절강의 앞에 있으며 경상도보다 조금 더 큰 면적의 섬입니다."

"호오! 그 정도면 상당히 큰 섬이구나."

"예, 그렇습니다. 대만은 지정학적으로 대륙의 해양 진출을 막을 수 있는 위치에 있습니다. 이번에 청국과의 협상으로 대만과 그 부속 도서 일체를 얻게 되었습니다. 대만은 사철 온화해서 연중 농사를 지을 수 있으며 사탕수수 재배의 적지이기도 합니다."

대진이 향후 계획을 설명했다. 설명을 듣고 있던 국왕이 연신 고개를 끄덕이며 흡족해했다.

"계획대로만 된다면 설탕 산업의 일대 전환점이 마련되겠군요. 아울러 식량 증산에도 큰 도움이 될 것이고요."

"그렇습니다. 그리고 군사적으로서도 대만은 아주 중요한 위치에 있어서 본국의 향후 해양 전략에 큰 도움이 될 것입니다."

"잘하셨습니다."

국왕이 프랑스 관련 서류를 가리켰다.

"프랑스와의 처리도 잘했습니다. 이 정도면 병인양요의 피해와 당시 희생된 백성들의 원혼을 다스리는 데 부족함이 없겠어요."

"황감하옵니다."

"그런데 포로 송환의 대가를 속량으로 받지 않은 까닭이 있습니까? 일본 포로들은 속량으로 처리했었지 않습니까?"

"서양에서 노예제도가 가장 먼저 폐지된 나라가 프랑스입니다. 그런 프랑스 군인을 노예처럼 돈을 받고 풀어 준다면 큰 치욕으로 생각할 것입니다. 그래서 남태평양에 있는 큰 섬을 주거나 5만 톤 물량의 전함을 택하라고 제시했습니다. 그것을 프랑스가 전함 양도로 결정한 것이고요."

손인석이 거들었다.

"이제부터 내실을 다져야 하는 우리로서는 최상의 결과라고 할 수 있습니다. 더구나 추진하고 있는 개혁이 제대로 된 성과를 얻기 위해서는 10년 정도의 시간이 필요합니다."

대진이 동조했다.

"맞습니다. 영토가 대폭적으로 늘어난 우리는 이제부터 모든 국력을 투입해 나라를 안정시켜야 합니다. 그런 우리에게 남태평양의 섬보다는 10여 척이 넘는 전함이 훨씬 도움이 됩니다."

대원군이 궁금해했다.

"그런 사정을 알고 있는 이 특보가 왜 처음부터 두 가지 선택을 하게 한 건가?"

"처음부터 전함을 요구하면 프랑스공사는 분명 대폭 줄이려 했을 것입니다. 그래서 부담이 될 만한 조건을 내세워서 원하는 목적을 달성하려 했던 것입니다."

국왕이 흡족해했다.

"예, 잘했습니다. 이 정도면 최상의 결과네요."

손인석이 나섰다.

"전하, 그리고 저하. 이제는 전후 처리에 온 국력을 개진해야 할 때입니다. 그 일환으로 우리 군은 철수하는 병력을 각지로 배치하려고 합니다."

대원군이 적극 동조했다.

"맞는 말씀입니다. 전쟁을 아무리 잘 치렀다고 해도 전후 처리가 허술하면 만사휴의지요. 그러면 병력을 어떻게 배치할 것입니까?"

손인석이 대진을 바라봤다.

대진이 지도를 탁자에 올렸다.

펼쳐진 지도를 본 국왕과 대원군이 큰 관심을 보였다. 지도의 이번에 할양받은 지역이 본토와 같은 색으로 칠해져 있었기 때문이다.

손인석이 지도를 보며 설명했다.

"이 지도에 표시된 부분이 이제부터 본국의 강역입니다. 이번에 청국으로부터 수복하고 할양받은 면적은 대략 본토의 7~8배가량 됩니다."

국왕이 벅찬 표정을 지었다.

"아아! 광활하군요. 북방 고토와 북해도에 대만과 유구까지, 지도를 보는 것만으로도 가슴이 벅찹니다. 그런데 만주 옆에 있는 연해주와 북만주 지역은 왜 색깔이 타 지역과 다릅니까?"

대진이 설명했다.

"이 지역도 본래는 우리의 고토입니다. 그런 지역을 20년 전 청나라가 러시아에 넘겨주었습니다. 그래서 언젠가는 수복해야 하는 지역이어서 특별히 표시한 것입니다."

국왕이 크게 고개를 끄덕였다.

"맞아요. 그러고 보니 이 특보에게 그런 말을 들은 적이 있었어요. 그런데 러시아는 북방의 강대국으로 영국도 쉽게 상대하지 못하는 나라로 알고 있습니다. 그런 러시아가 강점

하고 있는 지역을 되찾을 수 있겠습니까?"

손인석이 상황을 설명했다.

"러시아와 지금 당장 싸운다고 해도 무조건 승리할 수 있습니다. 허나 그렇게 되면 우리는 사방이 적으로 둘러싸이게 되어 두고두고 곤란을 겪을 수밖에 없습니다. 더구나 지금은 청국으로부터 확보한 영토를 안정시켜야 하는 일에 더 매진해야 할 때여서 시기도 좋지가 않습니다."

대진이 부언했다.

"몸에 맞지 않은 옷은 불편합니다. 마찬가지로 방어하기 어려울 정도로 넓은 땅은 국가적으로 큰 부담이 됩니다."

대원군이 동조했다.

"옳은 말씀이네. 우리가 만리장성 이남을 포기한 것은 그렇게 할 까닭이 없어서이지, 힘이 없어서가 아니잖아."

손인석이 고개를 끄덕였다.

"지금 당장은 아니지만 시간이 지나면 기회가 있을 것입니다."

그때 국왕이 질문을 던졌다.

"프랑스 포로는 언제 돌려보내지요?"

대진이 대답했다.

"9월 중순으로 기한을 정했습니다. 우선은 프랑스가 양도하는 전함을 우리가 먼저 철저하게 검수하기로 했습니다. 그러고 나서 이상이 없으면 전함을 인도받으면서 포로를 석방시키기로 했습니다."

"동시에 교환하는 방식이군요."

"아무리 협약을 체결했다고 해도 아직은 서로에게 신뢰가 없는 상황입니다. 그래서 서로 확실한 것이 좋다는 데 의견의 일치를 봤습니다."

"잘했습니다. 총사, 이번에 전함을 양도받으면 함대 창설에 탄력을 받겠습니다."

손인석이 대답했다.

"그렇습니다. 보고 드렸던 것처럼 본래는 대양 함대만 창설하려고 했습니다. 그런데 이번에 프랑스로부터 노획한 함정과 양도받을 함정 덕에 2개 함대를 창설할 수 있게 되었습니다."

대원군이 나섰다.

"그러면 유구도와 북해도 방면을 방어할 함대를 창설하면 되겠구려."

"그렇습니다. 5함대와 6함대를 창설하고 각각 대양 함대와 북태평양함대로 명명하면 될 것 같습니다. 2개 함대는 각각 대규모 해양작전을 수행할 수 있는 규모로 편성하면 되고요."

국왕이 기뻐했다.

"하하하! 프랑스 덕분에 2개의 대양 함대를 보유하게 되었네요."

대진이 거들었다.

"맞습니다. 프랑스가 제대로 배상해 준 셈이 되었습니다.

덕분에 우리는 별다른 예산을 투입하지 않고도 막강한 2개 함대를 얻게 되었습니다."

"승조원 수급에는 문제가 없습니까? 한꺼번에 많은 전함을 양도받으면 문제가 될 것 같은데요."

손인석이 설명했다.

"워낙 많은 전함을 양도받고 노획하였습니다. 그래서 당분간은 정상적인 운용이 어려울 정도입니다. 그러나 꾸준하게 인력을 양성해 오고 있어서 늦어도 1년 정도면 정상적인 작전을 수행할 수 있을 것입니다."

"그렇다면 안심이네요."

대원군이 대진을 쳐다보았다.

"이 특보. 이제 남은 나라는 미국인데, 아직까지 별다른 소식은 없나?"

대진이 고개를 저었다.

"아직까지는 그렇습니다. 미국이 지금까지 연락이 없었던 것은 우리의 위상이 그만큼 약해서였을 것입니다. 그런데 이제는 미국도 우리를 결코 무시할 수 없게 되었습니다. 더구나 프랑스가 병인양요에 대한 사과와 배상을 한 만큼 머잖아 어떠한 행동을 취하게 될 것이 분명합니다."

"그렇게 되었으면 좋겠어."

"일본과의 전쟁에서 승리하면서 우리는 북해도를 얻게 되었습니다. 그러면서 미국의 포경선을 전부 몰아냈고요. 그런데 일본이 그 이후 개항장을 더 늘리지 않으면서 미국의 포경 사업 문제를 여전히 해소하지 못하고 있는 상황입니다."

"미국이 필요해서라도 연락을 해 올 거란 말이구나."

"그렇습니다."

국왕이 손인석을 바라봤다.

"총사."

"예, 전하."

"개선 행사를 대대적으로 치러야 하지 않겠습니까?"

"군을 위해서라면 하지 않는 것이 좋습니다. 북벌에 참여한 대부분의 병력이 북방에 주둔하거나 대만으로 파견될 예정이니까요. 그러나 국민 의식 함양을 위해서는 반드시 필요할 것입니다."

국왕이 의지를 드러냈다.

"당연히 그래야지요. 그리고 전공을 세운 수훈자들에 대한 포상도 과인이 직접 했으면 좋겠군요."

"알겠습니다. 그러면 최고의 공을 세운 해병대와 육군 1개 여단과 무공훈장 수훈자를 선발해서 한양으로 보내도록 하겠습니다."

국왕의 용안이 환해졌다.

"오! 그 정도 병력이면 그래도 풍성한 개선식이 될 수 있겠네요. 시기는 언제가 좋을까요?"

대진이 대신 나섰다.

“9월 하순에 프랑스의 포로와 전함의 교환이 있습니다. 그것이 마무리되는 10월 1일로 정하면 어떻겠습니까?”

손인석이 적극 동조했다.

“그게 좋겠습니다. 앞으로 몇 개월 동안은 병력 철수 문제로 모두들 정신이 없습니다. 10월 1일이라면 그러한 문제들이 거의 정리되는 시기여서 육군은 물론 수군 지휘관들도 다수가 참석할 수 있을 것입니다.”

그 말에 국왕의 용안이 더없이 밝아졌다.

퇴궐한 대진은 집으로 갔다.

대진은 한양에 도착해서 미리 집으로 기별을 넣었었다. 그래서 오랜만에 집에 돌아가더라도 처가 놀라지는 않을 터였다.

그런데 자택에 도착해 보니 처는 대문 앞에서 기다리고 있었다. 그 모습을 본 대진이 놀라 달려갔다.

“아니, 언제부터 나와서 기다리셨던 겁니까?”

대진의 처가 얼굴을 붉혔다.

“서방님께서 입궐하셨다는 말을 듣고 마음이 급해서요.”

대진이 안타까워했다.

“주상 전하를 알현하고 나오는 시간이 상당히 길었는데 그렇게나 오래 밖에서 기다리셨어요?”

대진의 처는 마치 죄를 지은 듯 기어 들어가는 목소리로 대답했다.

"안에서 기다리기가 답답해서……."

대진은 고개를 숙이며 안절부절못하는 그녀의 모습이 너무도 예뻤다. 그래서 자신도 모르게 덥석 손을 잡았다.

"혼자 계시느라 적적했지요?"

대진의 처는 화들짝 놀랐다.

대진은 그 모습을 보고 웃었다.

"왜요? 이전처럼 손을 빼시려고요?"

그녀는 당황했다.

"보는 사람이 많은데……."

"괜찮아요. 내가 내 아내의 손을 잡는데 누가 뭐라고 합니까? 그래도 싫지는 않지요?"

"……예."

"들어갑시다. 나도 몇 달 동안 당신이 많이 보고 싶었습니다. 일을 하다가도 문득문득 생각이 나서 정신이 멍해질 때도 있었고요."

일종의 사랑 고백이었다.

대진의 처는 고개도 들지 못하고 얼굴을 붉혔다. 그런 그녀의 입가에는 절로 미소가 지어졌다.

"들어가십시다."

"예."

대진이 처와 함께 대문으로 들어갔다. 역시 대문 밖에서 기다리고 있던 청지기가 인사했다.

"다녀오셨습니까, 주인님."

대진은 집안 가솔들에게 나리나 주인과 같은 말을 쓰지 못하게 했었다. 그러나 청지기는 대진에게 늘 주인님이란 경칭을 사용했다.

대진은 처음 그 말이 굉장히 어색했었다. 그러나 청지기가 말을 쉽게 바꾸지 못했기에, 이제는 의례적인 인사로 받아들이게 되었다.

"그동안 별일 없었지요?"

"예, 아무 일도 없었습니다."

청지기는 대진의 처가에서 오랫동안 행랑지기를 해 오던 사람이었다. 그러나 노비는 아니어서 약간의 급여는 받으며 일을 도와주고 있었다.

그러다 처가 대진과 결혼하게 되자 함께 대진의 집으로 오고 싶어 했다.

대진도 집을 자주 비우는 자신을 대신해 집을 관리할 사람이 필요했다. 그래서 그 제안을 흔쾌히 받아들였다.

그렇게 해서 처와 함께 온 사람이 청지기와 그의 가족 그리고 어려서부터 처를 보살펴 온 유모였다.

대진은 청지기의 처를 찬모로 고용했다. 유모도 처를 보살펴 주라며 급여를 챙겨 주고 있었다.

이어서 처의 뒤에서 기다리던 유모와도 인사했다. 대진이 인사를 마치는 것을 본 청지기가 정중히 몸을 숙였다.

"들어가시지요."

"그럽시다."

대진은 한동안 푹 쉬었다.

지난 몇 년간 각국을 돌아다니며 업무를 보느라 제대로 된 휴식을 취하지 못했다. 그런 사정을 잘 알고 있었던 손인석이 국왕에게 특별 건의를 해 한 달간의 휴가가 주어졌다.

덕분에 모처럼 일을 손에서 내려놓고 8월 한 달을 보낼 수 있게 되었다.

대진이 모처럼의 휴가를 보내고 있을 무렵.

대진이 체결한 청국과 프랑스의 협상 결과가 태평양을 건너 워싱턴까지 도착해 있었다.

체스터 A. 아서(Chester A. Arthur) 미국 부통령이 몇 명의 각료들을 집무실로 불러들였다.

이때의 미국 대통령은 제20대로, 제임스 에이브램 가필드(James Abram Garfield)다. 그는 취임하고 몇 달 지나지 않아 암살범의 총탄에 맞아 중태에 빠져 있었다.

그래서 국정을 부통령이 대신하고 있었다.

“청나라 천진으로부터 급전이 당도했습니다.”

국무장관 제임스 G. 블레인(James G. Blaine)이 아서가 건네는 전문을 받아 읽었다. 그러고는 놀란 표정으로 옆에 있던 재무장관 찰스 폴저에게 전문을 건넸다.

찰스 폴저가 놀랐다.

“대단하군요. 동양의 그저 작은 나라로만 알고 있던 조선이 청나라를 압도하다니요. 더구나 프랑스도 엄청난 함대를 잃고서 굴복을 했네요.”

아서 부통령이 고개를 저었다.

“놀라운 변화입니다. 극동의 정세가 완전히 조선 위주로 재편되었어요.”

블레인 국무장관도 동조했다.

“맞습니다. 일본에 이어 청국을 상대로도 압승을 거뒀어요. 그러면서 만리장성 북부와 대만까지 얻었습니다. 프랑스 극동함대도 모조리 나포할 정도의 해군력도 보유하고 있고요. 이 정도면 극동의 맹주는 조선이라 해도 과언이 아닙니다.”

아서 부통령이 정의했다.

“이제는 우리 합중국의 동아시아 정책도 일대 변화를 맞이해야 할 것 같습니다.”

블레인 국무장관이 동조했다.

“정확한 판단입니다. 조선이 보유한 군사력이라면 청국과 일본이 상당 기간은 넘보기조차 어려울 것 같습니다. 그렇다면 당연히 우리 미합중국의 동아시아 정책도 바뀌어야지요."

재무장관이 문제를 지적했다.

"그런데 문제가 있습니다. 우리의 동아시아 정책을 수정하려면 조선과의 관계 개선이 우선되어야 합니다. 그 말은 조선이 제기했던 사안을 먼저 해결해야 한다는 것입니다."

아서가 생각을 밝혔다.

"당연히 그래야겠지요. 청국공사가 보내온 전문에 따르면 어느 나라보다 자존심이 강한 프랑스도 조선 침략에 대한 사과와 배상을 해 주었다고 합니다. 지금까지 우리는 과거에 있었던 전투에 대한 조선의 사과와 배상 요구를 모르쇠로 일관해 왔습니다. 그래도 될 정도로 조선은 국익에 별 도움이 되지 않았으니까요."

모두들 고개를 끄덕였다.

9장

아서 부통령이 말을 이었다.

"그러나 이제는 상황이 완전히 달라졌습니다. 이제는 조선이 제기한 문제를 풀지 않고서는 동아시아에서의 우리 외교 활동에 큰 지장을 받게 되었습니다. 그래서 저는 그 문제를 상의하고자 여러분을 모신 것입니다."

폴저 재무장관이 나섰다.

"부통령께서는 조선에 사과와 배상을 해 주어야 한다고 생각하십니까?"

아서 부통령이 부인하지 않았다.

"그렇습니다. 우리 국익을 위해서라도 동아시아의 맹주가 된 조선 진출을 적극 모색해야 합니다. 그런 우리가 언제까지 과거의 잘못을 모른 척할 수는 없지 않겠습니까?"

블레인 국무장관도 동조했다.

"옳은 말씀입니다. 조선의 위상이 과거와 전혀 달라진 지금으로선 그냥 덮고 넘어갈 수가 없게 되었습니다. 그리되면 수교는 물론이고 북해도의 항구를 이용하는 일도 요원해집니다."

"맞는 말씀입니다. 우리가 일본과 수교할 때 북해도 항구의 개항을 요구한 까닭이 무엇이었습니까? 우리 공업 발전에 필요한 윤활유의 원료인 고래기름을 원활히 얻기 위해서가 아닙니까?"

폴저 재무장관이 문제를 제기했다.

"조선에 배상해 주려면 의회의 승인을 얻어야 합니다. 그런데 대통령이 중태인 이 시점에서 의회가 그처럼 중요한 안건을 승인해 주겠습니까?"

아서 부통령이 강력하게 나갔다.

"그래도 승인하게 협상해야지요. 영국에 이어 프랑스까지 조선과 수교를 한다면 우리는 극동에서 뒤처질 수밖에 없습니다. 그리고 조선은 몇 년 전부터 신제품을 쏟아 내고 있는 나라입니다. 이런 조선을 의회도 절대 무시할 수는 없을 것입니다."

블레인 국무장관도 동조했다.

"맞습니다. 국익을 위해서라도 작은 허물은 빨리 벗어 버리는 것이 좋습니다.”

“좋습니다. 그러면 의회를 설득하는 일은 누가 맡는 것이 좋겠습니까?”

블레인 국무장관이 바로 나섰다.

“제가 나가서 의회를 설득하겠습니다.”

아서 부통령이 눈을 크게 떴다.

“국무장관이 직접요?”

“예, 그렇습니다. 조선과의 문제는 근본적으로 외교적 사안에서 출발했습니다. 더구나 합중국의 극동 외교정책의 기본을 바꾸는 일입니다. 그러니만큼 국무장관인 제가 직접 의회에 나가 동아시아의 변화된 상황을 설명하겠습니다.”

아서도 즉석에서 승인했다.

“좋습니다. 국무장관이 맡아 주세요.”

다음 날.

블레인이 미 국회의사당을 찾았다.

그러고는 하원외교위원회에 참석해 동아시아 상황을 보고했다. 이어서 신미양요에 대한 조선의 사과와 배상 요구를 들어주어야 한다고 강조했다.

외교위원회는 크게 술렁였다.

미국은 자신들이 일으킨 전쟁에 대한 사과를 단 한 번도 한 적이 없었다. 신미양요도 조선을 강제 개항시키려다가 일어난 전쟁이어서 많은 의원들은 사과와 배상은 있을 수 없는 일이라고 생각했다.

블레인 국무장관은 그런 의원들에게 왜 그래야 하는지를 직접 설명했다.

이때부터 격론이 벌어졌다.

미국의 입장에서 보면 명분과 실리가 첨예하게 부딪히는 상황이었다. 그 바람에 며칠 동안 격렬한 토의가 벌어졌다.

그런 뒤.

미국 의회는 명분보다 실리를 선택하기로 결정했다. 그만큼 조선의 위상이 이전과는 비교할 수 없을 정도로 상승해 있었기 때문이다.

그러나 의회 차원에서의 공식 사과는 하지 않기로 했다. 그랬다가는 조선으로부터 엄청난 배상을 요구받을 우려가 있었기 때문이다.

그 대신 대통령 권한대행인 아서가 친서로 사과를 표명하기로 했다. 그 친서를 갖고 합중국 특사가 직접 조선을 방문해 협상하기로 결정했다.

놀라운 반전이었다.

불과 몇 년 전만 해도 미국에 있어 조선은 무시해도 되는 나라였다. 그래서 지금까지 조선의 사과와 배상 요구를 묵살해 왔다.

그런 조선이 일본과의 전쟁에서 승리하면서 급격하게 관

심을 받게 되었다. 그래서 내부적으로 신미양요에 대한 사과와 배상이 논의되기도 했다.

그러나 대부분이 반대하면서 지금까지 이뤄지지 않고 있었다. 그런데 이제는 미합중국의 특사가 최초로 방문하는 동양 국가가 되었다.

이러한 미국의 결정은 태평양을 가로질러 20여 일 만에 천진에 도착했다. 그리고 그 소식이 조선에 전달되기도 전에 미합중국 특사가 워싱턴을 출발했다.

천진의 주둔군사령부로부터 이 사실을 전해 들은 대진은 쾌재를 불렀다. 자신이 추진하던 과거 청산이 드디어 결말을 볼 수 있게 되었기 때문이다.

9월 하순.

대진이 미국 특사와 마주 앉았다.

미국 특사를 맞은 곳은 한양에 처음 지어진 대한호텔이었다.

한양에는 이태원과 홍제원 등 나라에서 운영하는 객사가 있었다. 마군은 이 중 이태원에 별관을 세워 숙소로 운용해 왔다. 그러나 이 시설만으로는 수요를 감당하는 데 한계가 있었다.

그래서 철도가 부설되는 시점에 한양역의 건너편에 호텔을 건설했다. 3년여의 공사 기간을 거친 대한 호텔이 바로 그것이었다.

대한호텔은 3층이었다.

외관은 전부 석재로 지어졌으며, 내부는 화려하고 아름다운 대리석으로 꾸며져 있었다. 연회장과 식음료장이 몇 개씩 있었으며 객실은 100개나 되었다.

대진과 미국 특사가 마주 앉은 곳은 이런 대한호텔의 연회장 중 한 곳이었다.

대진이 먼저 손을 내밀었다.

“어서 오십시오. 조선 왕실 특별보좌관 이대진입니다.”

특사가 자신을 소개했다.

“처음 뵙겠습니다. 미합중국 특사이며 국무장관인 제임스 G. 블레인이라고 합니다.”

대진이 깜짝 놀랐다.

“국무장관께서 특사로 오셨습니까?”

블레인이 눈을 빛냈다.

“국무장관이 무슨 직책인지 아십니까?”

“물론이지요. 내각을 총괄하며 외무를 전담하는 미국 내각장관 중에서 최고 선임 장관 아닙니까?”

블레인이 감탄했다.

“오오! 놀랍군요. 내 직책을 제대로 알고 있는 분이 동양에 있을 줄은 몰랐습니다.”

“제가 오히려 놀랍습니다. 미국은 먼로주의를 채택한 이후 국무장관이 외국으로 나간 경우는 없었던 것으로 아는데요."

블레인이 깜짝 놀랐다.

"그런 사실도 알고 있습니까?"

대진이 적당히 말을 돌렸다.

"처음으로 미국의 특사를 만나는 자리입니다. 기본적인 미국의 역사에 대해 나름대로 공부를 했습니다."

"대단합니다. 조선이 이렇게나 철저하게 준비하고 있었군요. 그래서 지금처럼 좋은 결실을 얻게 된 것이군요."

"과찬이십니다. 저는 미국의 국무장관께서 특사로 오실 줄은 몰랐습니다."

블레인은 솔직하게 답했다.

"우리 미합중국에 있어 조선의 위상이 그만큼 달라졌다는 의미겠지요. 솔직히 조일전쟁이 일어나기 전까지 우리 합중국은 조선에 대한 관심이 거의 없었습니다."

"그러셨군요."

"그러다 조일전쟁을 보면서 차츰 달리 보게 되었지요. 그러다 조청전쟁과 조불해전을 보면서 귀국의 국력이 이처럼 강대해졌다는 사실에 너무도 놀랐습니다. 그래서 이번에 제가 자원해서 조선에 오게 된 것이고요."

"잘 오셨습니다."

"우리 미합중국은 과거에 벌어졌던 불미한 사건에 대해 귀국에 공식적으로 사과합니다."

그렇게 말한 블레인은 서류를 내밀었다.

"이 문서는 미합중국 대통령 권한대행인 체스터 앨런 아서 부통령의 친서입니다."

대진이 조심스럽게 미국 대통령의 문양이 새겨진 문서를 개봉했다. 문서에는 신미양요의 잘못에 대한 사과가 정확히 기재되어 있었다.

대진은 흡족했다.

아니, 이 정도만 해도 충분했다.

"우리의 요구를 들어주어서 감사합니다."

"아닙니다. 진즉에 했어야 할 사과가 너무 늦었습니다. 그리고 당시 발생했던 사상자와 현물에 대한 배상도 지급할 용의가 있습니다."

대진이 준비한 서류를 내밀었다.

"당시 사상자는 300여 명입니다. 400여 문의 화포와 2만 정의 조총을 강탈당했습니다. 건물은 몇 개의 돈대가 부서졌고요."

블레인도 자신이 가져온 서류와 대조했다. 그러던 블레인 국무장관이 고개를 끄덕였다.

"우리 서류와는 인명에서 약간의 차이가 있을 뿐, 별다른 차이가 없군요. 알겠습니다. 이 부분은 우리가 전적으로 수용하겠습니다."

블레인은 조선과의 수교에 적극적이었다. 그래서 조선이 제시한 사항에 대해 이의를 달지 않았다.

덕분에 협상은 일사천리로 진행되었다. 협의를 마친 대진은 고마워했다.

"감사합니다. 프랑스와 달리 귀국은 모든 부분을 깨끗하게 인정해 주셔서 일이 의외로 쉽게 진행되었습니다."

블레인도 진심을 숨기지 않았다.

"우리 합중국은 귀국과 선린 우호 관계를 맺고 싶습니다. 그러기 위해서는 불편했던 과거는 빨리 털어 버리는 것이 좋다고 생각했습니다."

"우리도 미국과 좋은 관계를 맺고 싶습니다."

"하하하! 그리된다면 더 바랄 게 무엇이 있겠습니까?"

양측의 이해관계가 맞아떨어지자 세부 조항도 바로 진행되었다. 그 덕에 협의는 하루도 지나지 않아 끝을 맺을 수 있었다.

블레인이 홀가분한 표정을 지었다.

"이렇게 쉽게 끝날 일을, 우리가 너무 시간을 끌었습니다."

"지금이라도 좋게 마무리되었으니 충분합니다."

"그러면 바로 수교 협상을 진행해도 되겠습니까?"

국무장관이 특사로 온 상황이었다.

대진도 두말하지 않았다.

"물론입니다."

블레인 국무장관은 수교 협상에 적극적인 자세로 임했다.

미국은 이미 영국 등 조선과 수교한 나라에 대한 정보를 입수해 두고 있었다.

그래서 조계지에 대한 요구를 처음부터 하지 않았다. 그 바람에 수교 협상은 조금의 이견도 없이 일사천리로 진행되었다.

모든 일이 하루 만에 정리되었다.

블레인이 호탕하게 웃었다.

"하하하! 특보께서 외교에 밝아서 수교 협상도 이렇게 쉽게 마무리되었습니다. 감사합니다."

"저도 감사를 드립니다."

두 사람이 동시에 손을 마주 잡았다.

다음 날.

대진은 블레인을 대동하고 입궐했다.

국왕은 조선을 직접 찾은 블레인을 보며 크게 기뻐했다. 그러고는 그 자리에서 미국과의 수교를 윤허해 주었다.

국왕을 알현한 대진은 블레인을 대동하고 용산의 외교가(外交街)를 찾았다.

대진이 손을 들어 주변을 죽 가리켰다.

용산 외교가에는 영국과 일본이 공관을 지어 입주해 있었다. 그리고 규슈공화국과 다른 몇 곳이 공관을 건설 중에 있었다.

대진이 설명했다.

"이곳은 우리 조선이 미리 정리해 둔 외교 거리입니다."

"우리 미국도 이곳에다 공관을 건설해야 하는 겁니까?"

"그렇습니다. 그런데 우리 조선은 3년 내로 요동의 요양으

로 천도를 하게 되어 있습니다. 그러니 이곳은 나중에 총영사관으로 활용할 수 있도록 공관을 짓는 것이 좋습니다."

"차라리 민가를 매입해서 공관으로 사용하는 것이 좋겠는데요."

"그것도 방법입니다. 하지만 도성 안의 민가 매입은 불가하다는 점을 염두에 두셨으면 합니다."

"알겠습니다."

조선과 미국의 수교 소식은 곧바로 천진의 외교가로 알려졌다. 이어서 포로 교환과 함정 인도를 마친 프랑스가 입국해서 조선과 수교했다.

미국과 프랑스까지 수교하자 천진 외교가가 술렁였다. 대부분의 서양 외교관들은 그동안 조선과의 수교에 대한 실익을 재고 있었다.

그러다 미국과 프랑스가 연이어 수교하는 상황을 보고는 다투어 조선을 찾았다. 그 바람에 한양의 대한호텔은 외국에서 몰려온 외교관들로 북적이게 되었다.

이제 조선은 누가 뭐라고 해도 동아시아 최강대국으로 우뚝 섰다. 그렇기에 이제는 계획하고 있던 일을 추진할 때가 되었다.

다음 권으로 이어집니다